हिन्द पॉकेट बुक्स

फागुन

राजेन्द्र सिंह बेदी हिन्दी और उर्दू के सफल उपन्यासकार, निर्देशक, पटकथा लेखक और नाटककार थे। इनका जन्म 1 सितम्बर 1915 को सियालकोट, पंजाब, ब्रिटिश भारत में हुआ था। यह पहले अखिल भारतीय प्रगतिशील लेखक संघ के उर्दू लेखक थे। जो बाद में हिन्दी फिल्म निर्देशक, पटकथा लेखक, संवाद लेखक बन गए। यह पटकथा और संवाद में हृषिकेश मुखर्जी की फिल्म अभिमान, अनुपमा और सत्यकाम और बिमल रॉय की मधुमती के कारण जाने जाते हैं। इनका *एक चादर मैली सी* बहुचर्चित उपन्यास है, जिस पर फिल्म का निर्माण भी हुआ।

AF887507

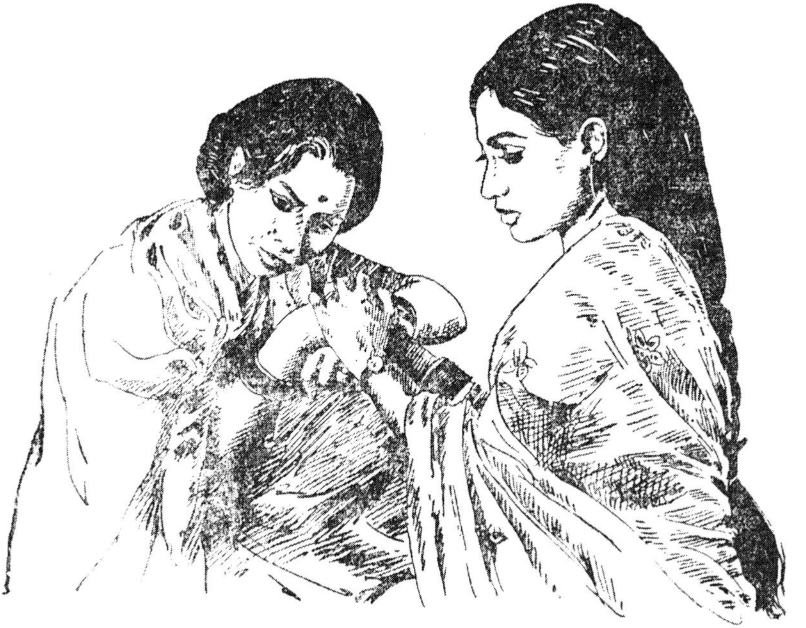

फागुन

लाखों लोगों की मनपसंद फिल्म का
पूर्ण कथानक : गीतों व चित्रों सहित

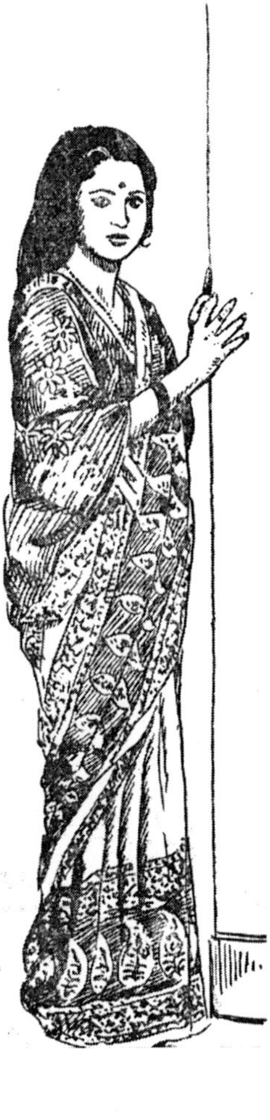

राजेन्द्रसिंह बेदी

हिन्द पॉकेट बुक्स
पेंगुइन रैंडम हाउस इम्प्रिंट

हिन्द पॉकेट बुक्स

यूएसए। कनाडा। यूके। आयरलैंड। ऑस्ट्रेलिया। सिंगापुर
न्यू ज़ीलैंड। भारत। दक्षिण अफ्रीका। चीन

हिन्द पॉकेट बुक्स, पेंगुइन रैंडम हाउस ग्रुप ऑफ़ कम्पनीज़ का हिस्सा है,
जिसका पता global.penguinrandomhouse.com पर मिलेगा

पेंगुइन रैंडम हाउस इंडिया प्रा. लि.,
चौथी मंजिल, कैपिटल टावर -1, एम जी रोड,
गुड़गांव 122 002, हरियाणा, भारत

पेंगुइन
रैंडम हाउस
इंडिया

प्रथम हिन्दी संस्करण हिन्द पॉकेट बुक्स द्वारा 1973 में प्रकाशित
यह हिन्दी संस्करण हिन्द पॉकेट बुक्स में पेंगुइन रैंडम हाउस द्वारा 2022 में प्रकाशित

10 9 8 7 6 5 4 3 2

ISBN 9789353493875

मुद्रकः रेप्रो इंडिया लिमिटेड

www.penguin.co.in

FSC
www.fsc.org
MIX
Paper from
responsible sources
FSC® C047271

This is a legitimate digitally printed version of the book and therefore might not
have certain extra finishing on the cover.

पात्र

पुरुष

धर्मेन्द्र (मेहमान कलाकार)	:	गोपाल
ओम प्रकाश	:	डाक्टर अफन्दी
विजय अरोड़ा	:	डाक्टर सुमन
कृपलानी	:	श्यामराव दामले
रोबी घोष	:	चालू
जगदेव	:	ठोकर
वी० गोपाल	:	पागल (बिल्ली वाला)
बलदेव त्रेहन	:	मिस्टर बोपाराय
देव शर्मा	:	डाक्टर
रामलाल	:	दोस्त
नर्वदाशंकर	:	दोस्त
कैलाश	:	दोस्त
ऊधोकुमार	:	दोस्त
अमीर अली	:	रज्जब अली
रमेश वर्मा	:	पागल (सो जाओ वाला)
परदेसी	:	पागल (सिगरेट वाला)
जेरी	:	पागल
सोनी	:	पागल
दुखिया	:	पागल

स्त्री

वहीदा रहमान	:	शान्ता
जया भादुड़ी	:	संतोष

बिमला जोशी	:	अनसूया
समिता	:	यास्मीन
इन्दू मेहता	:	मंगला
राज रानी	:	मिसेज़ बोपाराय
कामिनी	:	डांसर
रीटा	:	नर्स
फरीदा	:	नर्स
मनी	:	शीला
सुमन सिन्हा	:	मेहमान

गीत	:	मजरूह सुल्तानपुरी
संगीत	:	एस० डी० बर्मन
कैमरामैन	:	नन्दू भट्टाचार्य
कला	:	के ० बाबू भाई
संकलन	:	हृषीकेश मुखर्जी

लेखक, निर्माता, निर्देशक

राजेन्द्र सिंह बेदी

प्रधान सहायक

जगदीश सिरदाना

उपप्रधान सहायक

राज आहूजा

सहायक

पूरन, बी० वसंत

एसोसिएट प्रोड्यूसर और बिजनेस एक्ज़िक्यूटिव

नरेन्द्र बेदी

फागुन

1

बंगले का बाहरी हिस्सा (रात)

[एक नौजवान (गोपाल) सीधे-सादे कपड़े पहने विक्टोरिया से उतरता है और सामने देखता है; चलता है। हाथ में कागज़ है। जैसे ही बड़े बंगले के कम्पाउंड में दाखिल होता है, एक बाज़ारू कुत्ता साथ चल देता है, दुम हिलाता हुआ (?)
कम्पाउंड में पुराने मॉडल की बड़ी गाड़ियां खड़ी हैं, जिनके पास से होता हुआ वह नौजवान दरवाज़े के बाहर पहुंचता है...
उसकी सब हरकतें संदेह-भरी हैं...
दरवाज़े में चाभी लगाकर वह चोरों की तरह से दाखिल होता है...
दरवाज़ा बन्द हो जाने की वजह से कुत्ता बाहर ही रह जाता है]

2

बड़ा बंगला (हाल)

[दाखिल होते-होते नौजवान पीछे आहिस्ता से दरवाज़ा बन्द कर देता है। एक तरफ दो कमरों में रोशनी है, जिसकी वजह से हाल धुंधला-धुंधला-सा दिखाई देता है...जैसे आगे बढ़ता है, दायें-बायें दो आईनों में से उसकी परछाइयां गुज़र जाती हैं...एक छोटे कुत्ते के भौंकने की आवाज़ आने पर वह ठिठुकता है, जभी एक गुप्फेदार कुतिया आती है और उसके पास पहुंचकर दुम हिलाने लगती है। रास्ते में एक औरत (घाटन) पहलू पै लेटी हुई है। उसपर पांव पड़ते-पड़ते बच तो जाता है, लेकिन वह नौजवान एक कुर्सी के साथ टकरा जाता है और आवाज़ पैदा होती है]

कमरा

[एक और नौजवान ठोकर झुककर दरवाज़े के सूराख में से दूसरे कमरे में झांक रहा है, जबकि उसपर आवाज़ आती है]

आवाज : ए ठोकर !

[वह नौजवान घबराकर आगे हाथ समेटे हुए पीछे हटता है, उसके पीछे ही व्हिस्की की बोतल और गिलास रखे हैं]

दूसरा कमरा

[एक आदमी नंगे बदन हांफ रहा है। ऐनक उसकी नाक से नीचे सरक आई है। जभी फ्रेम में सोने का कड़ा पहने हुए एक ज़नाना हाथ आता है और ऐनक को उतारकर फेंक देता है]

हाल और ज़ीना

[पहला नौजवान ज़ीने के ऊपर लैंडिंग पर पहुंचता है और आहिस्ता से दरवाज़ा खोलता हुआ एक कमरे में दाखिल हो जाता है]

शान्ता का कमरा

[एक मद्धिम-सी रोशनी में एक नौजवान औरत (शान्ता) सोती हुई दिखाई देती है। पास का बिस्तर खाली है। वह पूरी तरह फैलकर नहीं सोई। जैसे किसीकी इन्तज़ार करते हुए उसकी आंख लग गई है...

नौजवान देखता है। फिर वह नौजवान पंजों के बल चलता हुआ कागज़ मेज़ पर रखता है और साथ के एक छोटे कमरे में दाखिल होता है, जहां गोदरेज का कबर्ड नज़र आता है।...जभी लड़की की आंख खुलती है और साथ के बिस्तर की तरफ देखती है, फिर घड़ी की तरफ। एक चीख में उसका मुंह खुलता है]

मां-बाप का कमरा

[बाप (दामले) और मां (अनसूया) लड़की की चीख सुनने पर हड़बड़ाकर उठते हैं]

बाप : क्या हुआ ?

अनसूया : (मराठी में) अरे देवा !

[और दोनों बाहर की तरफ देखते हैं—हाल की तरफ]

ज़ीना और हाल

शान्ता : आई ! आई ! ...बाबा ! बाबा ! ...

[बाप और मां कमरे से बाहर आते हैं, डरे हुए]

बाप : क्या हुआ ?

अनसूया : क्या हुआ ? शान्ता ?

[बीच में मिनी भूंकती है]

[जभी सामने के दोनों कमरों में से ठोकर और फिर बोपाराय और उसकी बीवी आते हैं। बीवी अभी तक गाउन पहन रही है]

शान्ता : वह नहीं आए...एक बज गया। मैं जानती थी, वह एक दिन जाएंगे और फिर नहीं आएंगे। यही चाहते थे न आप सब लोग ? अब तो खुशी है न ?

[सब एक-दूसरे के मुंह की तरफ देखते हैं]

शान्ता : आप अफ्रीका, नैपाल और भूटान के लोग घर में मेहमान रख सकते हैं और वह भी महीनों, बरसों, लेकिन अपने जंवाई—?

बाप : (डांटकर) शान्ता !

शान्ता : हां, इसीलिए न कि वह एक मामूली साहित्यिक थे ! वह काले बाज़ार, स्मग्लिंग का धंधा नहीं करते थे ! ढेर सारे पैसे नहीं बना सकते थे...इसीलिए आपने मुझे उनके साथ जाने दिया न उन्हें घर में रहने दिया। अपने ही घर में वह चोरों की तरह...

[इसपर गोपाल की आवाज़ आती है]

आवाज़ : क्या हुआ ?

[सब मुड़कर देखते हैं। गोपाल लैंडिंग पर आ रहा है]

सब : ओ ओ ओ ओ ओ ओ।

शान्ता : (हक्का-बक्का होकर) तुम ?

बोपाराय : इट इज़ डैम सिल्ली ![1] (बीवी का हाथ पकड़कर अंदर की तरफ चलता है)

मिसेज़ बोपाराय : कां गया वयोरिया यवरई।

[जाते हैं]

बाप : (कहर की नज़रों से गोपाल को देखते हुए) क्या मुसीबत मोल ले ली है। चलो जी...

अनसूया : (जाते हुए) क्यों देर से आए, गोपाल बेटे ! तुम जानते भी हो अपनी इसको।

[चली जाती है। शान्ता गोपाल पर योरश करती है]

शान्ता : कहां थे ? कहां थे तुम ?

गोपाल : तुमसे एक हाथ की दूरी पर, अशान्त, तुमने हाथ ही नहीं फैलाया।

शान्ता : (ब्रेकिंग डाउन) हां, मेरा नाम ही शान्ता है, अन्दर

---

1. ओह, यह बोदा !

से मैं कितनी अशान्त हूं।

गोपाल : ऐसे ही पब्लिशर के यहां देर हो गई, अब ऐसा नहीं होगा।

[कमर में बाजू डालकर ऊपर जाने लगते हैं। पीछे मंगला देखती है और माथे पर हाथ मारती है। आईने झलकते हैं]

मंगला : (जैसे अपने-आपसे) ऐसा ही छोकरी मर्द लोग को खराब करता।

[ठोकर दरवाज़े में से मंगला को आने का इशारा करता है। वह शाने झिटककर, मुंह बनाकर फिर लेट जाती है पहलू पर...ठोकर देखता है और हांफकर अन्दर चला जाता है। दरवाज़े को बंद कर देता है]

मां-बाप का कमरा

[बाप (मिस्टर दामले) लेटे हुए हैं। अनसूया बैठी है]

अनसूया : ऐ है, मर्द बाहर जाता है, तो कभी देर हो ही जाती है।

बाप : अब तुम बकवास बंद करोगी या नहीं ? अपना तो सर्वनाश किया ही था इस लड़की ने, साथ हमारा भी बेड़ा गर्क कर दिया।

[बाहर से आई हुई लाइट को देखते हैं]

बाप : देखा ! अब रात-भर लिखेगा, रात-भर बत्ती जलाएगा यह गिरधर गोपाल। अपनी ही नहीं, हम सबकी नींद हराम करेगा।

शान्ता व गोपाल का कमरा

[गोपाल कुछ लिख रहा है। जभी चूड़ियों वाले हाथ कागज़ों पर आकर दृश्य को रोक लेते हैं]

शान्ता : तुम मुझे पढ़ो, मुझे लिखो। मैं कुछ किताब से कम हूं !

गोपाल : (हाथ पकड़कर) नहीं, तुम कहीं ज़्यादह हो, शान्त !

शान्ता : मैं पूछती हूं, यह रातों जागना कब तक चलेगा ?

गोपाल : तुम भी तो जागती हो। नहीं जगाती ?

शान्ता : धत् !...सारी शरम बेंच खाई है।

गोपाल : उस वक्त तक जागूंगा, जब तक पैसा नहीं बना लेता, घर नहीं खरीद लेता, तुम्हें नहीं ले जाता ...बाबा कुछ भी कहें, मैं तुम्हें यहां थोड़े ही रहने दूंगा !

शान्ता : ज़्यादह पैसा मत बनाना।

गोपाल : क्या मतलब ?

शान्ता : कोई औरत नहीं चाहती, उसका वह बहुत अमीर हो जाए।

गोपाल : क्यों ?

शान्ता : तुम समझते नहीं, फिर वह उसका नहीं रहता।

गोपाल : तुम्हारे बाबा तो...

शान्ता : हां, तो आई को देखा तुमने ? वह जी रही है ?

गोपाल : (लिपटाते हुए) तुम घबराओ नहीं, इतना पैसा बनाने का लेखक को कोई खतरा नहीं।

[दोनों हंसते हैं]

3

समुद्र का किनारा

[डाक्टर अफन्दी, दामले और उनके कुछ दोस्त—
सब बूढ़े सुबह की सैर पै निकले हैं—
इधर-उधर की बेतुकी बातें कर रहे हैं]

दामले : डाक्टर अफन्दी, आज हम गिनती में कुछ नहीं हैं।

अफन्दी : हां यार, बूढ़ों में यही तो गड़बड़ होती है; कल कोई है, आज नहीं।

[सब हंसते हैं। एक बूढ़ा उंगली टेढ़ी करते हुए दूसरों से मुखातिब होता है]

बूढ़ा-1 : मैं ज़रा...!

अफन्दी : हां न, तेरा मसाना कमज़ोर है।

[सब हंसते हैं]

बूढ़ा-2 : अरे रज्जब अली, सुना है तुमने मुल्क में एक कंवारी लड़की से शादी की है ?

दामले : तेरे पेट में आंत न मुंह में दांत कमीने...

रज्जव अली : वल्हा, शादी में दांतों से क्या करना पड़ता है बढ़ चो...!

[सब हंसते हैं]

बूढ़ा-3 : अब कोई कबर देखो, रज्जब भैया...लेटें नहीं तो बैठ ही जाएं !

दामले : हां यार, अब तो रास्ते भी थक गए...

[एक तरफ चल देते हैं। पीछे से चौथा बूढ़ा भी

दूसरी तरफ निकल जाता है]

[बूढ़ा-1 झाड़ी के पीछे छिपकर कमर से दूरबीन निकालकर नहाती लड़कियों को देख रहा है कि बूढ़ा-4 आकर कहता है]

बूढ़ा-4 : साले, चोरी कर रहा है !

बूढ़ा-1 : नज़र कमज़ोर है ? मैं चोरी कर रहा हूं तो तू डाका डाल ले... (दूरबीन उसे दे देता है)

[बूढ़े बैठे कुछ गप्पियां कर रहे हैं]

डाक्टर : (सामने देखकर) ये हमारे हिन्दुस्तानी भाई भी कमाल हैं ! देखो कहां-कहां टांग अड़ा रखी है। [सब हंसते हैं]

दामले : चुप यार, मेरे मेहमान हैं।

बूढ़ा : लगता है जैसे तोता तोप चला रहा है। [फिर सब हंसते हैं]

डाक्टर : (परे ले जाकर) हां दामले, सुना है तुम्हारे घर में कोई सरकस उतरा हुआ है।

दामले : डाक्टर, बिज़नसमैन है...।

डाक्टर : वई-वई...टेढ़ी अकल टेढ़ी शकल के लोग...

दामले : रात उन सबके सामने ड्रामा कर दिया बिटिया ने।

[डाक्टर उठकर दामले को एक तरफ ले जाते हैं]

डाक्टर : हूं, तुम्हारे घर में एक दिन बहुत बड़ा ड्रामा होने वाला है, श्यामराव, तुम दिन ब दिन अपनी बेटी

को न्यूराटिक बनाते जा रहे हो। उसके पति की तरफ तुम्हारे ऐटिट्यूड से वो हमेशा सहमी, हमेशा डरी रहती है।

दामले : डाक्टर, पहले तो उस लड़की ने मेरी मर्ज़ी के खिलाफ शादी की। कमस कम मेरी पोज़ीशन, मेरी टक्कर का आदमी तो देखती...वो चपड़कनाती कहां कलम घिसाने वाला, कागज़ काले करते जाने से मिलता क्या है ? मैंने उसे बिज़नस में डालने की कोशिश की। जानते हो वो क्या बोला, जो आदमी अनाज में ब्लैक करता है, उसके साथ मैं काम करने को तैयार नहीं।

डाक्टर : ये तो उसकी ईमानदारी, बड़ा आदमी होने की दलील है।

दामले : बड़ा आदमी माई फुट। पूरी बिज़नस कम्यूनिटी के बारे में उसने एक नावल लिख डाला। कोई भी पढ़े तो पहचान ले इसका विलन मैं हूं। उसको देखते ही मेरे बदन में आग लग जाती है !
कमीना जिस हांडी में खाए उसीमें छेद करे।

डाक्टर : मैं उसे जानता हूं, दामले, वो एक निहायत खुद्दार, नेक आदमी है—खाना तो एक तरफ, वो तुम्हारे घर का पानी भी छूना नहीं चाहता। यही वजह है वो रात देर से आता है। इसलिए कि शान्ता से पागलों-सा प्यार है उसे। जिस दिन उसकी खुद्दारी को ठेस पहुंची...

बूढ़ा : अरे यार, क्या रामायण शुरू कर दी तुम लोगों ने ! चलो...

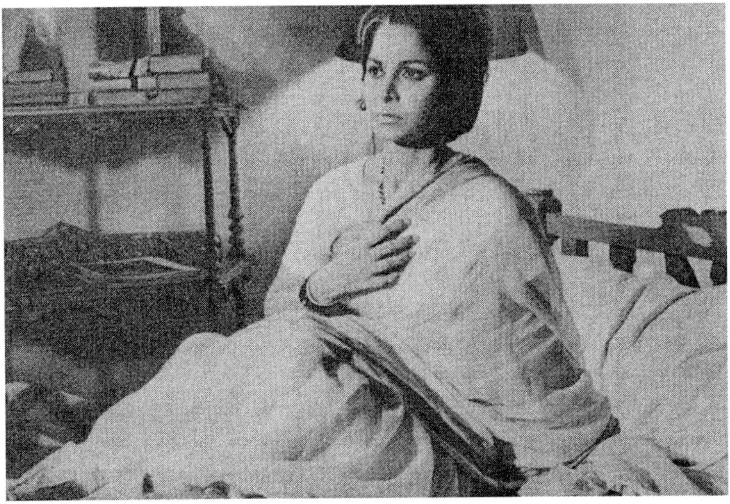

वहीदा रहमान शान्ता की भूमिका में

शान्ता मां-बाप से आक्रोश की मुद्रा में

गोपाल और शान्ता एक प्रेमिल मुद्रा में (धर्मेन्द्र और वहीदा रहमान)

सखियों के साथ नाच-गान में मस्त शान्ता

शान्ता ने गोपाल को ऐसा ताना दिया कि वह सन्न रह गया

बेटी सन्तोष को समझाने की मुद्रा में शान्ता

और मां ने सन्तोष के गुपचुप प्यार की चोरी पकड़ ली

सुमन और सन्तोष विवाह के बाद (विजय अरोड़ा और जया भादुड़ी)

हनीमून मनाने गए बेटी-दामाद के पीछे शान्ता आन पहुंची

सन्तोष और अपने बीच सास के हस्तक्षेप को सुमन बर्दाश्त नहीं कर सकता

डाक्टर सुमन पागलों के बीच

सुमन अपनी सास के लिए फूल लाया है।

बेटी, दामाद और पत्नी से मिलते हुए गोपाल

वहीदा रहमान, धर्मेन्द्र, जया भादुड़ी को निर्देश देते हुए लेखक-निर्देशक रजेन्द्रसिंह बेदी

[उठते हैं]

दामले : सुनो डाक्टर, कुछ लोग शाम मेरे यहां खाने पर आ रहे हैं।

डाक्टर : टेढ़ी शक्ल वाले...आ जाऊंगा।

4

बड़ा बंगला (हाल)

[तमाम लोग हाल में जमा हैं। कमरे की चारों दीवारों पर ऐसे-ऐसे आईने लगे हैं जिन्हें लोग देखते हैं, अपनी या दूसरों की शक्लें, तो बरबस ऐसे बेबस हंसते हैं कि पेट में बल पड़े हैं; पेट पकड़े हैं, फिर भी हंसी नहीं रुकती। ऐसी कई टुकड़ियां हंस रही हैं। कुछ लोग हाथों में शराब के गिलास लिए एक-दूसरे से गिलास टकराते हैं। एक तरफ रज्जब अली अपनी बीवी के सामने गा रहा है]

रज्जब अली : हो-ओ-ओ-ओ-ओ, मुझे किसीसे प्यार हो गया... (और शब्दों के साथ जब झटके खाता है तो उसकी रूमी टोपी का फुंदना हिलता है। लोग हंसते हैं)

[हाल के बीचोबीच बड़ी मेज़ है, जिसके गिर्द भी लोग बैठे हैं। दामले, डाक्टर अफन्दी, बोपाराय और उसकी मिसेज़, ठोकर और गृहपत्नी अनसूया]

डा० अफन्दी : (पीते हुए) श्यामराव...आज मंगल है न ?

दामले : हां भैया, मंगल है।

अफन्दी : तो फिर, ये बुध-सा क्यों लग रहा है यार ?

[सब हंसते हैं। ठोकर मेज़ के नीचे मिसेज़ बोपाराय के पैर को अपने पैर से दबाता है। जवाब में वह भी वैसा ही करती है। अफन्दी देखते हैं।

ठोकर : जी हां, बुध काम सुध।

[शान्ता दरवाज़े की तरफ देखती है, तभी मिसेज़ बोपाराय अफन्दी की तरफ ध्यान देती है]

मिसेज़ बोपाराय : मुई तार मुने, दक्तूर...!

बोपाराय : (अनुवाद में सहायता करते हुए) कहती है, आप पागल डाक्टर हैं !

[अफन्दी हंसते हैं, साथ दूसरे भी]

अफन्दी : पागल डाक्टर नहीं, मैडम बोपाराय, पागलों का डाक्टर। (पागल शब्द पर पागल का और डाक्टर शब्द पर डाक्टर का ऐक्शन करते हैं, जिससे सब हंस पड़ते हैं)

दामले : सुनो यार अफन्दी, तुम्हारे पास जब कोई आता है तो तुम्हें कैसे पता चल जाता है कि वह आदमी पागल है ?

अफन्दी : एक तो, जब वह तुम्हारे जैसे सवाल करता है।

[हंसी]

मिसेज़ बोपाराय : आई-आई ? फरोख्ती ?

बोपाराय : (तर्जुमा करते हुए) फिर-फिर ? दूसरे ?

अफन्दी : दूसरे मैं टोंटी के नीचे टब रखकर ऊपर नल छोड़

देता हूं और उससे कहता हूं कि वह लोटे से उसे खाली करता रहे। तो जो पागल होता है, दिनभर लगा रहता है।

ठोकर : और जो नहीं होता ?

अफन्दी : वह आराम से उठकर टोंटी बन्द कर देता है।

[हंसी]

[शान्ता फिर दरवाज़े की तरफ देखती है, जैसे किसीका इन्तज़ार कर रही हो]

दामले : आओ डाक्टर, तुम्हें कुछ लोगों से मिलवाऊं।... बेगम रज्जब अली...डाक्टर अफन्दी !

अफन्दी : सलाम भाभी, मैं तुम्हारा अज़ल से कुंवारा देवर... रजब अली उस दिन ठीक कह रहा था, शादी में दांतों से...

रज्जब अली : बको नहीं जी !

अफन्दी : हद हो गई, और कुछ नहीं तो क्या मैं बक भी नहीं सकता ?

[हंसते हुए आगे बढ़ते हैं। ठोकर भूखी नज़रों से बेगम रज्जब अली की तरफ देखता है]

दामले : ठोकर को तुम जानते ही हो।

अफन्दी : हां, जानता हूं—जानता हूं।

[ठोकर का मुंह बेगम रज्जब अली से परे कर देते हैं। ठोकर की नज़र मिनी पर जाती है]

अफन्दी : समाज नंगे आदमी को तो बर्दाश्त कर लेता है, पर उस नंगे को नहीं जिसने कपड़े भी पहन रखे हैं।

दामले : यह सेठ चूनी भाई, ओवरसीज़ फिल्म डिस्ट्रीब्यूटर...डाक्टर अफन्दी !

अफन्दी : केम छो चूनी भाई ? फिल्म खरीदी भी है या वह अपने-आप सब्ज़ी की टोकरी में अफ्रीका पहुंच जाती है ?

[सब हंस पड़ते हैं। चूनी भाई भी खिसियानी हंसी हंसता है]

[दामले और डाक्टर उठते हैं। मारकर व और लोग भी साथ हो जाते हैं। दामले उनको उन्हीं शीशों के पास ले जाते हैं जहां चेहरे विकृत और अजीब-से दिखते हैं। और दामले वहां उपस्थित लोगों का परिचय कराते हैं डाक्टर अफन्दी से]

दामले : (मारकर का चेहरा शीशे में अफन्दी को दिखाकर) यह हैं मिस्टर मारकर-घुड़दौड़ के बादशाह, डाक्टर अफन्दी !

अफन्दी : (मारकर से हाथ मिलाते हुए) समझा—समझा। लोग खाना कुक करते हैं, यह रेस।

मारकर : हम बरोबर रेस कुक करता, डाक्टर अफन्दी ! वह श्यामराव सीधा नोट बनाता।

[हंसी]

दामले : मिस्टर गेदकरी, आई० सी० एस०, डाक्टर अफन्दी !

गेदकरी : हाऊ डू यू डू डोक ?

अफन्दी : फ—फाइन मिस्टर...केडबरी।

गेदकरी : गेदकरी—आई० ऐम फिनान्स कमिश्नर ऑफ बम्बे सैवन।

अफन्दी : बेडकरी...मैं पागल डाक्टर ! मैं पागल !

[हंसी]

दामले : (अफन्दी के कान में) सुनो ! (सामने इशारा करते हुए) इनकी आंखें ज़रा...उधर देख के भी बात करें तो समझना तुम ही से बात कर रहे हैं। (मिलवाते हुए) राजा सिसौदिया बैंकर।

राजा : (बराबर देखते हुए) नमस्कार, आप कैसे हैं ?

अफन्दी : (हैरान होकर) अरे तुमसे कुछ कह रहे हैं श्यामराव।

राजा सिसौदिया : मैं आपसे सम्बोधित हूं।

अफन्दी : आप मुझसे क्या है ?

दामले व एक और : सम्बोधित, सम्बोदित।

अफन्दी : ठीक है, आप मुझसे शम्भूदत्त हैं, मैं आपसे शम्भूदत्त हूं।

[सब ठहाके से हंसते हैं]

खानसामा : (आकर) खाना लगा दिया सरकार !

[दामले आगे बढ़ते हैं]

अफन्दी : शुक्र है खुदा का, चलो।

[सब चलते हैं]

[सब हंसते-हंसाते आकर खाने की मेज़ के गिर्द बैठ जाते हैं]

अनसूया : अभी कुछ लोग नहीं आए।

[शान्ता दरवाज़े की तरफ देखती है। दामले शान्ता की तरफ और अफन्दी दामले को]

दामले : जानता हूं। (होंठ भींचकर) वह इस पार्टी में आकर करेगा भी क्या ?

[शान्ता को धचका-सा लगता है। अफन्दी देखते हैं]

[सब खाना शुरू करते हैं। अफन्दी शान्ता को न खाते देखकर ग्रास रख देते हैं।

दामले : अरे ! खा क्यों नहीं रहे हो ?

अफन्दी : खाता हूं, जल्दी क्या है ?

[जैसे ही ग्रास मुंह में डालते हैं, गोपाल दरवाज़े से आता है। उसके पीछे बाज़ारू कुत्ता आने की कोशिश करता है, लेकिन नौकरानी मंगला कुतिया के सामने खड़ी हो जाती है]

मंगला : हट्...चल बाहर...चल...

[मंगला कुत्ते को ढकेलकर दरवाज़ा बन्द कर लेती है और कुतिया को उठाकर ऊपर की तरफ चल देती है]

[गोपाल डाइनिंग टेबल के पास आता है]

गोपाल : मुआफ कीजिए...मैं समझा पार्टी खत्म हो चुकी होगी।

शान्ता : मैं तुम्हारी ही राह देख रही थी, गोपू !

राजा सिसौदिया : इनका परिचय ?

गेदकरी : बाई द वे, हू इज़ दिस जेंटिलमैन ?

दामले : आप खाना खाइए।

[शान्ता गोपाल के बैठने के लिए इधर-उधर कुर्सी देखती है]

शान्ता : कुर्सी ?

अनसूया : (उठकर) तुमी इकड़े बसा।[1]

दामले : (कड़ककर) सिट डाउन, विल यू ?

[अनसूया डरकर बैठ जाती है]

---

1. तुम इधर बैठो।

गोपाल : मैं कपड़े बदलकर आता हूं। (चल देता है) [अफन्दी देखते हैं]

अफन्दी : कुछ मज़ा नहीं आ रहा, श्यामराव !

दामले : क्यों ? क्या हुआ ?

अफन्दी : कुछ...(नैपकिन हाथ में लिए वॉश बेसिन की तरफ चलने लगते हैं)

शान्ता : अंकल !

अफन्दी : नहीं देखा जाता मुझसे, बेटे !

दामले : अफन्दी !

[डाक्टर जवाब दिए बगैर चले जाते हैं। शान्ता भी उठकर जीने की तरफ जाती है। लोग देखते हैं]

दामले : अरे भाई, खाना खाओ तुम लोग।

शान्ता व गोपाल का कमरा

[गोपाल हाथ-मुंह धोकर तौलिये से पोंछता हुआ दरवाज़े की तरफ देखता है। सामने शान्ता दिखाई देती है]

शान्ता : गोपू ! (शान्ता की आंखों में अफसोस के आंसू झिलमिला रहे हैं)

गोपाल : मैं यहां हूं, शान्ता !

शान्ता : (आगे आकर) मुआफ कर दो, मुझे मुआफ कर दो। रोज़ वह तुम्हारी निरादरी, तुम्हारी बेइज़्ज़ती करते हैं।...

गोपाल : हुंह !...बेइज़्ज़ती उसकी होती है, भंगन, जिसकी कोई इज़्ज़त हो।

शान्ता : धत् ! फिर कभी ऐसी बात कही तो मैं...

गोपाल : क्या करोगी?

शान्ता : मैं ?...मैं ?... (इधर-उधर जैसे कोई चीज़ मारने के लिए देखती है और न पाकर) जैसे तो फिर तुम्हें मेरी कभी ज़रूरत ही नहीं पड़ेगी ? [गोपाल एकदम हंस देता है और आगे बढ़कर बाज़ू उसके गले में डाल देता है]

गोपाल : सुनो शान्त, तुम तो मुझसे प्यार करती हो न ?

शान्ता : (एकदम रूठकर)हटाओ! (छुड़ा लेती है) दुखी कर दिया। मेरा प्यार ऐसा हो गया कि पूछने की ज़रूरत पड़े !

गोपाल : नहीं, ज़रूरत तो नहीं, लेकिन जाने क्यों तुम्हारे मुंह से बार-बार सुनना अच्छा लगता है।

शान्ता : मैं तुम्हारे प्यार को लेके यूं चलती हूं, गोपू, जैसे कोई दिया लेके आंधी में चले।

गोपाल : तुम्हें किसी बात का वहम है क्या ? घर वालों की किसी बात का मुझपर असर नहीं होता। हां, जिस दिन तुमने कोई उल्टी-सीधी...

शान्ता : नहीं बाबा, यह देख रहे हो न। (कानों को हाथ लगाती है) मैं जानती हूं, यह लेखक, कलाकार लोग बड़े भंगी होते हैं।

गोपाल : हां भंगन ! (पीछे हाथ करके लिपटा लेता है)

5

प्रकाशक का आफिस (दिन)

[गोपाल और प्रकाशक बैठे हैं]

गोपाल : (प्रकाशक से) मैं इनके साथ रहने का चोर ज़रूर हूं, हितैषीजी, मगर उनसे पैसे नहीं लेता। त्योहार आ रहे हैं और मैं चाहता हूं अपने पैसों से शान्ता के लिए साड़ी लेकर जाऊं।

हितैषी : भाभी के पास साड़ियों की कमी होगी...

गोपाल : आप शान्ता को नहीं जानते...उसके पास हज़ारों की चीज़ें हों, लेकिन मेरी कमाई से एक साड़ी लेकर वह कितना खुश होगी इसका आपको अंदाज़ा नहीं।

हितैषी : ठीक है, उसूलन मैं अपने लेखकों को एडवांस में पैसे देने का कायल नहीं, साल के आखिर में पूरा हिसाब-किताब...

गोपाल : मैं हिसाब-किताब की नहीं, मैं भावना की बात कर रहा हूं, हितैषीजी !

हितैषी : तो ऐसा करते हैं, जिससे आपकी बात रह जाए और मेरी भी...(दराज में से सौ रुपये का नोट निकालकर देता है) इसे आप एडवांस समझिए, मैं आप पै उधार समझूंगा।

गोपाल : सौ रुपये तो अच्छी साड़ी...?।

हितैषी : इस वक्त तो मैं ज़्यादा नहीं दे सकता। (और ग्राहक की तरफ) कहिए ?

ग्राहक : गोपालजी का उपन्यास 'अगला कदम' है ?

हितैषी : (गोपाल को देखते हुए) है।

[हितैषी अन्दर जाता है। गोपाल सौ रुपये के नोट को देखता है। कैमरा ऊपर बोर्ड पर जाता है]

6

बाज़ार (कपड़े की दूकान)

[बहुत-सी साड़ियां बिखरी पड़ी हैं। गोपाल खड़ा है]

दुकानदार : आखिर कितने पैसों की साड़ी चाहिए ?

गोपाल : यही सौ...सवा सौ...

दुकानदार : बनारसी का इतने पैसों में कोई सवाल ही पैदा नहीं होता...अलबत्ता ये चंदरी छियासी रुपया आठ आने।

गोपाल : यह मुझे पसंद नहीं। (एक और देखकर) ये...?

दूकानदार : कांजीवरम डेढ़ सौ से कम की नहीं होगी।

गोपाल : तो...ठीक है, फिर कभी सही। (जाने लगता है। कि...)

दूकानदार : सुनिए, आप श्यामराव दामले के दामाद तो नहीं ?

गोपाल : जी !

दूकानदार : अरे तो फिर पैसों की क्या बात है, पैसे आते रहेंगे।

[गोपाल जाने के लिए मुड़ता है]

सुनिए !

[गोपाल जाता है। दूकानदार देखता रह जाता है]

7

बंगले का आंगन (दिन)

[कैमरा लड़कियों के हाथों से पीछे जाता है। दिखाते हैं कि रंगोली सजाती हुई शान्ता है। एक साथ की लड़की कहती है]

लडकी-1 : आओ शान्ता, होली खेलें।

शान्ता : नहीं, वो आ जाएं तब।

[और उठकर अन्दर जाने लगती है कि दो और लड़कियां आकर शान्ता को पकड़ती हैं और कहती हैं]

लड़की-2 : आओ शान्ता, होली खेलें।

[इतने में मां आकर कहती है]

मां : (मराठी में) इतनी महंगी साड़ी है—साड़ी बदल आने दो, फिर खेलो।

लड़की : हम रंग नहीं डालेंगे।

[सब जाकर नाचना शुरू करती हैं]

गाना

ओ-ओ पिया संग खेलो होरी
पिया संग खेलो
पिया संग खेलो होरी
फागुन आयो रे, ओ-ओ फागुन आयो रे
चुनरिया भिगो ले गोरी
फागुन आयो रे

ओ-ओ फागुन आयो रे

देखो जिस ओर, मच रहा शोर
गली में अबीर उड़े हवा में गुलाल
कहीं कोई—हाय तन को चुराए
चली जाए देती गारी, पोछे जाए गाल
करे कोई जोरा-जोरी
करे कोई जोरा-जोरी
फागुन आयो रे
ओ-ओ फागुन आयो रे

कोई कहे सजनी सुनो पुकार
बरस बाद आए तोहरे द्वार
आज तो ओ मेरी गेंदे की कली
होली के बहाने मिलो एक बार
तन पै है रंग, मन पै है रंग
किसी मतवारी ने क्या रंग दियो डार
ऊई...फुलवा के पात
गोरी तोरे गात
नैनों में गुलाबी डोरे, मुख पै बहार
फुलवा के पात, गोरी तोरे गात
नैनों में गुलाबी डोरे, मुख पै बहार
भीगी सारी भीगी चोली
भीगी सारी भीगी चोली
फागुन आयो रे
ओ-ओ फागुन आयो रे

पिया संग खेलो होरी
पिया संग खेलो होरी
पिया संग खेलो होरी
ओ-ओ फागुन आयो रे
चुनरिया भिगो ले गोरी
ओ—फागुन आयो रे
ओ—ओ फागुन आयो रे

[गाने के बीच में गोपाल छिपकर मुस्कराता हुआ हाथ में पिचकारी को छिपाए हुए धीरे-धीरे आता है। एक जगह पर खड़ा होकर गाने का मज़ा ले रहा है, फिर शरारत से पिचकारी में रंग भरता है और ज़रा आगे बढ़कर शान्ता को पूरा रंग से भर देता है—सीने से कमर तक। शान्ता भी गाते-गाते रंगों से भरी थालियों से दोनों हाथों की मुट्ठियों में रंग भरकर गोपाल को मलने जा रही होती है कि शान्ता की नज़र अपने बाप पर पड़ती है कि बाप कड़ी निगाहों से गोपाल को देख रहा है। शान्ता डर के मारे बंकारती उसे ताना देती है]

शान्ता : मेरी इतनी कीमती साड़ी...क्या हक पहुंचता है तुम्हें वो चीज़ खराब करने का जिसे तुम खरीदकर दे नहीं सकते !

[गोपाल सन्न से रह जाता है]

गोपाल : तुम ठीक कहती हो, शान्ता ! जो चीज़ मैं तुम्हें खरीदकर दे नहीं सकता उसे खराब करने का मेरा कोई हक नहीं—कोई हक नहीं—कोई हक...

[और पिचकारी फेंककर चला जाता है—शान्ता भी हक्की-बक्की-सी खड़ी रह जाती है]

8

बड़ा बंगला (शान्ता व गोपाल का कमरा)
गहरी रात

[शान्ता फटी-फटी आंखों से सामने देख रही है। जभी किसी ख्याल के आ जाने से उसका चेहरा घबरा-सा जाता है। उठती है, भागती है]

मां-बाप का कमरा

[अनसूया और दामले सो रहे हैं, जबकि धड़् से उनका दरवाज़ा खुलता है और शान्ता आकर उन दोनों के बीच सो जाती है, रोती हुई]

दामले : शान्ता !

अनसूया : मत रो, बेटी ! वह आ जाएगा।

9

बड़े बंगले का हाल (दिन)

[डाक्टर अफन्दी के साथ दामले, अनसूया बैठे हैं, शान्ता खिड़की के पास खड़ी है]

अनसूया : हाय रे ! यह धन और उसका गर्व !

[श्यामराव दामले शर्म से गर्दन झुकाए हुए हैं]

अनसूया : मुझे तो चलती हुई लाश बना ही रखा था, साथ में बेटी को भी बना दिया। हे पाण्डुरंगा !

दामले : अनसूया !

अनसूया : मर गई अनसूया। अरे! कितने बेटे-बेटियां हैं ? आखिर तो सब उसीका है। हम क्या यह सब छाती पर रखके ले जाएंगे ?

दामले : (ऊंची आवाज़ में) मैं कहता हूं...

अफन्दी : खामोश ! ज़िन्दगी-भर सांस तो लेने न दिए भाभी को, अब इन उल्टे सांसों को भी रोक रहे हो ?

दामले : यह मेरे घर का मुआमला है, तुम्हें इसमें दखल देने का कोई हक नहीं।

अफन्दी : श्यामराव—

दामले : आई एम सॉरी, अफन्दी !

मंगला : (आकर) कपड़े वाला सेठ आया होता।

दामले : कपड़े वाला सेठ !

[सब उठकर शान्ता के पीछे जाते हैं]

[मंगला जाती है, कपड़े वाला आता है]

कपड़े वाला : नमस्ते राव सहीब !

दामले : क्या है जगतयानी सेठ ?

जगतयानी : अपने दामद...बेटी के लिए साड़ी लेने आए थे। दाम कम थे, लौट गए। मैं कहता ही रहा, ले जाओ, पैसे आते रहेंगे।

[साड़ी खोलकर रखता है। शान्ता देखती है और लपककर उसे उठा लेती है]

शान्ता : (साड़ी को बदन से लगाए और सामने देखते हुए)

गोपू-ऊ-ऊ-ऊ ! (बेसुध होने लगती है)

[डाक्टर अफन्दी लपककर उसे थाम लेते हैं]

अफन्दी : अरे ! अरे !! (बाकी लोग भी मदद करते हैं) लिटा दो, इधर सोफे पर। (लिटा देते हैं) हवा छोड़ दो... अरे भाई, कहा न...

[डाक्टर अफन्दी शान्ता का परीक्षण करते हैं और अनसूया के कान में कुछ कहते हैं। अनसूया थोड़ा चौंकती है और फिर सामने देखते हुए 'आह' भरती है]

अनसूया : ओह मां !

[कैमरा साड़ी पर जाता है)

10

बड़ा बंगला (दरवाज़ा)
(दिन)

[बड़ी कार आकर रुकती है, जिसमें श्यामराव, अफन्दी, अनसूया और बोपाराय वगैरह दिखाई देते हैं। कार पर धूल-मिट्टी दिखाई देती है, जैसे दूर से आई है]

11

बड़ा बंगला (हाल)

[शान्ता बैठी कोई मैगज़ीन देख रही है। जैसे

ही कार की आवाज़ आती है, भाग उठती है, पेट पर कपड़ा करती हुई]

बोपाराय का कमरा

[बोपाराय का दरवाज़ा खुलता है और ठोकर निकलकर अपने कमरे की तरफ भागता है। मिसेज़ बोपाराय बाहर भागती है]

12

दरवाज़ा

[सब आते हैं, शान्ता भागी हुई आती है]

अनसूया : अरे ! अरे ! ऐसे में यूं भागते हैं, शान्ते ?

शान्ता : कुछ पता चला, अंकल ?

अफन्दी : बताते हैं, बेटे !...

[अन्दर जाते हैं]

13

हाल

[मंगला, नौकर-चाकर एक-एक करके चले जाते हैं कोई खबर सुनने]

शान्ता : (सबकी तरफ हड़बड़ निगाहों से देखकर) आई... बाबा ! बोलो—कुछ तो बोलो।

अफन्दी : कुछ पता नहीं चला, बेटे ! शहर-शहर की खाक

छानी है।

दामले : मैं तो कहता हूं उसको शान्ता से प्यार ही न था। वो तो पैसे के लिए...

शान्ता : बाबा !

दामले : सीधी-सी बात है। मियाद गुज़र जाने दो, मैं कोर्ट से डाइव्होर्स लूंगा और शान्ता की बाकायदा शादी...

शान्ता : (चीखकर) आई-ई-ई-ई-ई। (सब उसे देखते और पकड़ने के लिए दौड़ते हैं। अफन्दी उसे लिटा देते हैं। शान्ता कराहती है)

अफन्दी : गाड़ी निकालो, अस्पताल ले जाएंगे।

अनसूया : पर अभी तो वक्त है, भैया !

अफन्दी : हां, मगर इसके दिल पर चोट पहुंची है।
[उसे अस्पताल ले जाते हैं।

14

अस्पताल (ऑपरेशन थियेटर)

[शान्ता का ऑपरेशन करके पेट से लड़की निकाली गई है। कैमरा मेटरनिटी बोर्ड से पीछे जाता है। दिखाते हैं कमरे से डाक्टर बाहर आकर अनसूया से कहता है। अफन्दी, दामले एक ओर बैठे हुए थे, उठ जाते हैं]

डाक्टर : सतवांसी बच्ची हुई है। इन्क्यूबेटर में रख रहे हैं। बचने के चान्सेस फिफ्टी-फिफ्टी[1] हैं।

---

1. बचने की सम्भावना पचास फीसदी

[और चला जाता है—अनसूया सुनकर ज़रा नर्वस हो जाती है—अफन्दी कहते हैं]

अफन्दी : भाभी...(और ऊपर की तरफ इशारा करके) उसपर भरोसा रखो !

15

अस्पताल (मेटरनिटी वार्ड)
(गहरी रात)

[मशीन में बच्ची पड़ी है। शान्ता गिरती-पड़ती, बचती-बचाती हुई आती है और इधर-उधर देखकर बच्ची को मशीन से निकालकर कलेजे से लगाती है]

[उसपर एक गीत आता है]

गीत

जागें तमाम जगाएं तमाम रात !
सैंय्या निकस गयो मैं न लड़ी थी
रंगमहल के दस दरवाज़े,
कौन-सी खिड़की खुली थी...

बड़ा बंगला (आंगन)
(दिन)

[होली के दिन हैं। गोपाल और शान्ता आपस में बातें कर रहे हैं]

बोपाल : तुम ठीक कहती हो, अशान्त ! मुझे क्या हक

पहुंचता है उस चीज़ को खराब करने का, जिसे मैं खरीद के नहीं दे सकता। (गोपाल जाता है। शान्ता मुड़कर देखती है)

मां-बाप का कमरा (दिन)

[अनसूया बीमार पड़ी है। शान्ता साल-भर की बच्ची को गोद में लिए पास खड़ी है। दामले और डाक्टर भी खड़े हैं।

बाहर

[लोग-बाग फाग खेल रहे हैं। शान्ता दरवाज़ा बंद कर देती है]

बड़ा बंगला (हाल)

[मिसेज़ बोपाराय ठोकर के साथ भागती है]

मरघट

[अनसूया की चिता जल रही है। दामले, अफन्दी और लोग मुड़ते हैं]

[फिर होली आ गई। लेकिन शान्ता हर साल होली के दिन बहुत ही दुखी रहती है, क्योंकि उसका पति गोपाल घर से होली के दिन ही चला गया था। लोग होली खेल रहे हैं। शान्ता एक बार फिर उनपर दरवाज़ा बंद करती है]

बड़ा बंगला (हाल)
(दिन)

[मां की तस्वीर पर हार पड़ा है। अब दामले की भी तस्वीर लगी है और उसपर हार पहनाया जाता है।
शान्ता एक तरफ खड़ी रो रही है। डाक्टर अफन्दी आकर उसके सिर पर हाथ रख देते हैं]

डा० अफन्दी : आज से मैं तेरा बाप हं, बेटे...मैं तेरे पति को ढूंढ़ के लाऊंगा।
[शान्ता डाक्टर की छाती से लग जाती है]

16

शान्ता का कमरा

[कमरे की दीवार पर गोपाल की बड़ी-सी तस्वीर लगी है। शान्ता चारपाई पर लेटी कोई मासिक पत्रिका पढ़ रही है और सोच रही है। आंखें नम हैं। चार साल की बच्ची पायंती में पांव अड़ाकर चढ़ती-गिरती और आखिर चढ़ जाती है और शान्ता के पास सरकती है]

शान्ता : (नाराज़ होकर) ए संतोष, मत हैरान कर मुझे। (मंगला से) मंगला, ले जा इस मनहूस को...
[मंगला उसे उठाने लगती है। संतोष रोने लगती है]

शान्ता : अच्छा-अच्छा, रहने दे।

[बच्ची चुप हो जाती है। मां का कान देखती, छूती है]

क्या कर रही है मुई, मुझे गुदगुदी होती है।

[सन्तोष फिर ऊपर की तरफ सरकती है। गर्दन पर अपने नन्हे-मुन्ने हाथ दौड़ाती है]

फिर वही बात !

संतोष : (मां का कान छूते हुए) मम्मी ! यह मेला है।

शान्ता : हां-हां, तेला है...हट परे।

[झिटके जाने से बच्ची इतना-सा मुंह निकाल लेती है। शान्ता मुड़कर उसकी तरफ देखती है। एकदम दया की बाढ़ आती है और वह उठकर उसे गोद में लेती, प्यार करती है]

तोषी...मेरा मक्खन तोष...(भींचती, चूमती, हिलोरा लेती है...और आखिर में उसकी नाक पकड़ती है) यह किछकी है ?

संतोष : मेली।

शान्ता : हट मुर्दी ! (अपना कान छूकर) यह तेला है। (उसकी नाक छूकर) और यह भी तेली है।

[मंगला आती है]

मंगला : चार बरस का हो गया बेबी !

शान्ता : (सामने देखकर) हां।

मंगला : ऐसा ही देखता-देखता जवान हो जाएगा।

शान्ता : (डरकर) हां।

मंगला : फिर शादी बनाना पड़ेंगा। चला जाएंगा अपने नौरा के साथ।

शान्ता : (एकदम बरसकर) क्या तू खड़ी बड़बड़ करती रहती है ? घर में और कोई काम-काज नहीं है क्या ?

[मंगला चली जाती है। शान्ता गोपाल की तस्वीर की तरफ देखती है और फिर संतोष की तरफ]

शान्ता : (संतोष की तरफ देखकर) इतनी जल्दी न बढ़ मुर्दी ! हे विठोबा—हे पाण्डुरंगा !!

17

कालेज—सड़क (दिन)

[संतोष कालेज से बाहर आती है। एक-दो-तीन आदमी उसे मुड़कर देखते हैं। संतोष हैरान होकर अपने-आपको देखते हुए निकल जाती है। फिर एक आदमी रुक जाता है और उसे देखकर सीटी बजाता है। संतोष घबराकर कार में जा बैठती है और चल देती है।

रास्ते में संतोष की सहेली मिलती है। वह संतोष से कहती है कि तुम्हें यास्मीन बुला रही थी—सहेली (शीला) कालेज की तरफ चल देती है और संतोष कार की तरफ]

18

यास्मीन का कमरा (समुद्र-तट पर)

[यास्मीन गाउन पहने बड़े ही भद्दे ढंग से टेप-रिकार्डर चलाकर नाच रही है कि दरवाज़े पर दस्तक की आवाज़ आती है। जाकर यास्मीन दरवाज़ा खोलती है; देखती है कि संतोष आई है। यास्मीन संतोष को पकड़कर चूम लेती है]

यास्मीन : हाय तोष !

संतोष : शीला ने कहा था कि तुम मुझे याद कर रही थीं।

यास्मीन : हां, मैं चाहती थी आज शाम तुम मेरे साथ चलो, वहां क्लब में। क्या लड़के आते हैं ! डांस होता है। धीरे-धीरे बत्तियां बुझ जाती हैं।

संतोष : मैं नहीं जा सकती।

यास्मीन : यू किल द जॉय।[1] तू हमेशा ऐसी ही बकवास करती है।

संतोष : मैं तुम्हारी तरह आज़ाद थोड़े ही हूं। मैं यहां पर ज़्यादा नहीं बैठ सकती। मां पल-पल गिनती हैं।

यास्मीन : अरे, तुम अब बड़ी हो गई हो, कब तक मां के चक्कर में पड़ी रहोगी। थोड़ा बाहर की खुली हवा

---

1. तुम मज़ा किरकिरा कर देती हो।

में सांस लो।

[संतोष उठकर खिड़की के पास जाकर सांस लेती है]

यास्मीन : (हंसती हुई) मेरा मतलब ये नहीं सिल्ली ! (कान में कुछ कहती है)

संतोष : धत्, बेशर्म कहीं की।

यास्मीन : बड़ा मज़ा आता है।

संतोष : मुझे डर लगता है बाबा !

यास्मीन : ये मर्द लोग तब तक शेर हैं जब तक हम गीदड़ हैं। इन्हें छेड़ने में तुम पहल करो। फिर देखो, क्या पसीने छूटते हैं इनके !

संतोष : (सोचने के अन्दाज़ में) ऐं...आज तुम हॉस्पिटल नहीं जाओगी ?

यास्मीन : (आंख मारकर) आज नाइट ड्यूटी है।

संतोष : (हाथ जोड़कर) यू शेमलेस क्रियेचर ![1] (और चली जाती है)

[यास्मीन वाल्यूम ऊंचा करके फिर नाचने लगती है]

19

बड़ा बंगला (शान्ता का कमरा)
(शाम)

[शान्ता नीचे बैठी अलमारी में से कुछ निकाल रही है कि संतोष उछलती-कूदती आती है]

---

1. बेशर्म कहीं की !

संतोष : मम्मू !

शान्ता : (मुड़कर) आ गई मेरी लाड़ो ?

संतोष : मम्मी ! बाबा बड़े हैण्डसम थे न ?

शान्ता : (सामने देखकर जैसे एमेजिन कर रही हो) हां।

संतोष : आई ऐम प्राउड।[1] क्या बड़ी आंखें...मां, पापा जब मुस्कराते होंगे...

शान्ता : क्या बताऊं, बेटे, दुनिया ही खिल उठती थी। (खुद खिल उठती है)

संतोष : (एकदम ठहाका मारकर) ओ मम्मी, यह तो तुम आप ही खिल उठी हो।

शान्ता : (शरमाकर) भाग जा यहां से। जा नीचे जाकर पढ़।

(संतोष उठकर चली जाती है। शान्ता अलमारी में कुछ रखती है]

[संतोष कुर्सी पर बैठी है]

शान्ता : (आकर) कितनी बार कहा कि तू यहां मत बैठा कर।

संतोष : (पास आकर) मम्मी, मम्मी ! जाने क्या बात है, लोग मुझे देखते हैं।

शान्ता : क्या देखते हैं ?

संतोष : आई डोंट नो।[2] इधर से जाती हूं तो उधर से देखते हैं। उधर से जाती हूं तो इधर से।

---

1. मुझे इसका गर्व है।

2. मैं नहीं जानती।

कोई सीटी बजाते हैं, कोई...

[शान्ता चिन्तित भाव में खड़ी हो जाती है]

शान्ता : हां देख ! सीधी घर से कालेज, कालेज से घर आया कर। बीच में कहीं नहीं, समझी ?...कोई बहुत वह घूरे करे तो साफ कह दे—क्या तेरे घर में मां-बहन नहीं हैं ?

20

अस्पताल का कम्पाउंड

[कम्पाउंड में एक लड़का पीठ किए चला जा रहा है। गेट से एक लड़की (संतोष) कार ड्राइव करके अन्दर की तरफ आ रही है और देखती है कि कोई भी उसकी तरफ नहीं देख रहा। गाड़ी पीछे लेकर उसी लड़के के पीछे ले जाकर ज़ोर से हार्न बजाती है। हार्न की आवाज़ से लड़का चौंककर देखता है। (ये हमारा डाक्टर सुमन है) तो लड़की (संतोष) उसकी ओर देखकर]

संतोष : क्या देख रहे हो—घर में मां-बहन नहीं हैं क्या ?

सुमन : (बेध्यानी से) अं...नहीं—नहीं तो—

संतोष : (अपने-आपसे) तो फिर मम्मी ने इसके बाद तो कुछ बताया ही नहीं !

सुमन : (चौंककर) मम्मी ने !

[इतने में दूर से आवाज़ आती है]

आवाज़ : हाय डाक् !

[दोनों मुड़कर देखते हैं। संतोष कार बढ़ाकर ले जाती है। सुमन भी चल पड़ता है]

[एक लेडी डाक्टर संतोष की गाड़ी के पास आकर पहले डाक्टर सुमन से]

लेडी डा० यास्मीन : हाय डाक्टर...

[डाक्टर सुमन घृणा से मुंह बनाकर चला जाता है। यास्मीन संतोष से]

पिक्चर देखने चलती है ?

संतोष : नहीं, पीरियड मिस हो जाएंगे।

यास्मीन : अरे चल, देखी जाएगी !

[यास्मीन गाड़ी में बैठकर संतोष के साथ चली जाती है]

21

सिनेमा हाल (एक्सटीरियर)
(दिन)

[यास्मीन और संतोष कार से निकलकर आती हैं]

यास्मीन : एडल्ट फिल्म है छटंकी, इधर हट...मैं टिकट लेती हूं। (खिड़की के पास झुकते हुए) टू, थ्री फिफ्टी।

[क्लर्क टिकट फाड़कर देता है। दोनों गेट की तरफ बढ़ती हैं। गेटकीपर रोकता है]

गेटकीपर : आप ?

संतोष : हां, मैं।

गेटकीपर : यह एडल्ट्स फिल्म है। आप नहीं जा सकतीं।

संतोष : ह्वाट नान्सेंस ! मैं दो बच्चों की मां हूं।

[और दरवाज़ा धकेलकर दोनों अंदर चली जाती हैं। गेटकीपर मुंह देखता रह जाता है]

गेटकीपर : (साथ के एक आदमी से) कैसे पता चले कि कोई लड़की एडल्ट है ?

आदमी : क्या बताऊं, यार ? मैं आप परदेसी हूं।

सिनेमा हाल (इंटीरियर)

[पर्दे पर तस्वीर का रोमांटिक हिस्सा नज़र आता है। संतोष और यास्मीन देख रही हैं]

संतोष : (सामने इशारा करते हुए) ये लड़का।

यास्मीन : हां, लड़का...पक्की बात।

संतोष : इसकी शक्ल उससे कितनी मिलती है।

यास्मीन : उससे ? किससे ?

संतोष : वो जो अभी अस्पताल के बाहर मिला था।

यास्मीन : मेरा साथी डाक्टर सुमन—बहुत भागती हूं उसके पीछे, घास ही नहीं डालता ईडियट।

22

यास्मीन का कमरा (दिन)

यास्मीन : बड़ा मज़ा आया।

संतोष : पर कालेज मिस हो गया। मां को पता चला

कि...वो जूते पड़ेंगे। (किताब देखती है) ये क्या...

यास्मीन : अरे वही जो दुनिया में होता है।

संतोष : क्या होता है, दुनिया में ?

यास्मीन : अरे तू तो बिलकुल ही...इसे पढ़ लो, आंखें कुछ खुलें। प्रैक्टिकल बाद में। सुन, ये किताब मां के हाथ में नहीं पड़नी चाहिए।

संतोष : अच्छा। (तस्वीर पै निगाह जाती है) ये... लड़का...

यास्मीन : वही जो सुबह मिला था। आज तक किसी लड़के की हिम्मत ही नहीं पड़ी मुझे इन्कार करने की, लेकिन ये पीठ पर हाथ ही नहीं रखने देता...यों करता है...जैसे बाप हो...।

संतोष : बाप होता तो तेरे ऐसी लड़की को...

यास्मीन : अरे मैं भूल ही गई। आज हॉस्पिटल में ऑपरेशन है। चलो चलो...मुझे वहां छोड़ दो।

23

ऑपरेशन थियेटर (दिन)

[डाक्टर सुमन चीर-फाड़ कर रहा है। तभी यास्मीन और संतोष आती हैं। संतोष मरीज़ को देखते ही चीख मारकर भाग जाती है। सुमन देखता है और पीछे जाता है। यास्मीन भी पीछे जाती है]

कारीडोर

[संतोष दीवार के साथ लगी जैसे गिरने लगती है। सुमन आकर थाम लेता है]

सुमन : क्या हुआ ?

संतोष : वह...(दरवाज़े की तरफ इशारा करते हुए) किसका बाप था ?

सुमन : बाप ? (यास्मीन को आते देखकर) तुम निहायत बेहूदा, बदतमीज़ लड़की हो, क्यों इसे अन्दर ले आईं ?

यास्मीन : (सहमकर) मैं...

सुमन : तुम जानती हो...कुछ लोग खून नहीं देख सकते। (संतोष से) आप कैसी हैं, मिस संतोष ?

यास्मीन : संतोष।

संतोष : (अलग हटते हुए) मुझे तुमसे नफरत है। आई हेट यू। (चली जाती है)

[सुमन हैरान रह जाता है और यास्मीन की तरफ देखता है]

यास्मीन मेरे ही इलाके में रहती है। आई० यू० कालेज में पढ़ती थी।

सुमन : हां, मगर ये आप क्या कर रही थीं ?

यास्मीन : इसका बाप नहीं है डाक्टर...मतलब था अब नहीं है। (मुस्कराती है)

सुमन : यू डर्टी स्वीनिश[1]...

यास्मीन : (उसे पकड़ते हुए) तुम मुस्कराते हो तो खूबसूरत

---

1. निर्लज्ज कहीं की

लगते हो, सुमन ! खफा होते हो तो और भी खूबसूरत।

[सुमन झटके से बांह छुड़ाकर चला जाता है। यास्मीन देखती है]

यास्मीन : ओह, हेल...

24

बंगला (हाल)

[संतोष हाथ में किताबें लिए आती है और मां के बगल में रखे सोफे पर बैठ जाती है]

संतोष : मम्मी ! उधर एक लड़का है, मैं उससे सख्त नफरत करती हूं।

शान्ता : क्यों ? क्या किया उसने ?

संतोष : किया तो कुछ नहीं।

शान्ता : तो फिर ? देख छोकरी, तुझे किसीसे नफरत करना है और न मुहब्बत। खबरदार ! पढ़ाई के [सिवा कोई बात तेरे दिल में आई, इस खोपड़ी में समाई, समझी ?

[सन्तोष सिर हिलाकर नीचे चली जाती है। शान्ता सामने देखती है, जभी मंगला आती है]

मंगला : अब इसका उमर हो गया बाई !

शान्ता : (चौंककर) हैं !

मंगला : तुमीच छोकरा नहीं ढूंढेंगा इसके वास्ते, तो ई आपीच ढूंढ लेंगा।

शान्ता : नहीं, ऐसी बातें न करो, मंगला ! (सामने देखकर) अब आ भी जाओ, अकेले मुझसे नहीं होता। हे राम ! तुमने तो चौदह ही बरस का बनबास काटा था, मुझे तो जुग हो गए। डाक्टर अंकल ने भी वायदा किया था; पर वह भी होली में बरस के बरस दिन आते हैं और दम-दिलासा देकर चले जाते हैं। कहते हैं, मैं खोज कर रहा हूं।

मंगला : कितना बरस हो गया, बाई, साहब जिंदा होता तो...

[शान्ता एकदम क्रोधित होकर कोई चीज़ उठाती और उसे दे मारती है]

शान्ता : मंगला, निकल जा यहां से। कमीनी ! कुलटा !...(हांफने लगती है)

25

अस्पताल (एक्सटीरियर)
(दिन)

[डाक्टर सुमन जा रहा है। यास्मीन उसका रास्ता रोकती है]

यास्मीन : सुमन !

सुमन : रास्ता छोड़ो।

यास्मीन : मैं तुमसे प्यार करती हूं, सुमन !

सुमन : बको मत ! प्यार क्या है, तुम्हारी जैसी लड़की को क्या मालूम।

[एक लाश को स्ट्रेचर पर ले जाया जा रहा है]
तुम लड़की नहीं, लाश हो, जिसे कोई भी ले जाए, कहीं भी ले जाए।

यास्मीन : डालिंग, आज के माडर्न आदमी होकर तुम ऐसी बातें करते हो ?

सुमन : इसमें आज और कल की क्या बात है ? मर्द हमेशा उस लड़की को चाहेगा जिसने खुद को संभालकर, बचाकर रखा हो।

यास्मीन : ओह ! कम ऑन...तुम लड़के ही रहो, सुमन, बाप बनने की कोशिश मत करो।

सुमन : बाप कोई फालतू चीज़ नहीं है। वो लड़की जिसे बाप का प्यार न मिले, ऐसे ही दर-दर की ठोकरें खाती फिरती है—तुम्हारी तरह।

यास्मीन : (उसकी तरफ देखकर) यू रास्कल फेलो !
[संतोष इसी समय आती है]

संतोष : कौन ?

यास्मीन : ये डाक्टर का बच्चा ! कोई डीसेंट लड़की इससे शादी नहीं कर सकती, ये...
[अन्दर से किसीकी आवाज़ आती है]

आवाज : डाक्टर यास्मीन !
[यास्मीन जाती है। संतोष देखती है]

सुमन : आप ?

संतोष : (ऑपरेशन थियेटर की तरफ इशारा करते हुए) वो...बच गया ?

सुमन : वो कौन ?

संतोष : जो उस दिन उधर...?

सुमन : हां, वो जल्दी ठीक होकर घर चला जाएगा।

संतोष : उसकी बीवी और बेटी आई होंगी ?

सुमन : बेटी नहीं, बेटा है उसके और बीवी बरसों पहले उसे छोड़कर कहीं भाग गई।

संतोष : ओह् ! गॉड ! ये क्यों हो रहा है इस दुनिया में ! मैं तो किसीका दामन पकड़ू, तो कभी न छोड़ू।

सुमन : क्या मतलब ?

संतोष : याद रखना, कोई भी डीसेंट लड़की तुमसे शादी नहीं कर सकती।

[संतोष जाती है। डाक्टर हैरानी से देखता है और फिर पीछे जाता है।

सुमन : सुनो संतोष...(वह संतोष के पीछे जाता है)

26

[सुमन और संतोष कार में बैठे आ रहे हैं। आपस में कोई भी बात नहीं कर रहा। गाड़ी के रुकते ही दोनों एक-दूसरे की तरफ देखकर हंसते हैं। सुमन पूछता है]

सुमन : ये कहां ले आईं मुझे ?

संतोष : मुझे खुद भी मालूम नहीं; हाथ घूमता गया, गाड़ी चलती गई।

सुमन : मैं दरअसल तुम्हें यास्मीन के बारे में 'वार्न' करने आया था; नाम को स्टूडेंट डाक्टर है, मगर डाक्टरी से उसे कोई दिलचस्पी नहीं।

संतोष : डाक्टर से तो है।

सुमन : (ताकुमाना अन्दाज़) क्या बकती हो ! वह एक

बदमाश, बदचलन लड़की शहर-शहर घूमती नाचती फिरती है—खबरदार जो तुम उससे मिलीं।

[संतोष दरवाज़ा खोलकर ज़ोर से बन्द करती है]

संतोष : तुम कौन होते हो मुझपर हुकम चलाने वाले। (चल देती है)

सुमन : (कार से बाहर निकलकर) मैं तुम्हारा कुछ होता तो सिर्फ बात करता ?

संतोष : क्या करते ? (पीछे जाने लगती है)

सुमन : यूं चोटी से पकड़ता, एक देता !

संतोष : डाक्टर...

सुमन : जिस रास्ते पर तुम जा रही हो—(आगे बढ़ कर संतोष को गड्ढे में गिरने से बचाता है)

संतोष : यू...(गिरती है)

सुमन : मरना चाहती हो ?...

संतोष : मैं मरूं या जीऊं तुम्हें इससे क्या ! ये तो हर आदमी चाहता है कि कोई लड़की गिरे और वह उसे बचा ले...

[संतोष सुमन की छाती पर रो रही है]

27

(दिन)

[सुमन व संतोष गार्डन में आकर बैठते हैं]

सुमन : मैंने सुना है, तुम्हारे पिता...

संतोष : हां, अठारह-बीस बरस हो गए, उनका कुछ पता नहीं। मम्मी को अब तक उम्मीद है, वो आएंगे। मेरी मां सिर्फ देवी ही नही, मेरी मां है।

[सुमन हंसता है, फिर संतोष का हाथ पकड़ते हुए]

सुमन : तुम भी भंगन हो।

संतोष : (एकदम हाथ छुड़ाकर खड़ी हो जाती है) ओ माई गाड ! तुम्हें किसने बताया ?

सुमन : (खड़े होकर) क्या बताया ?

संतोष : ये भंगन...बाबा को मम्मी से जब बहुत प्यार आता था तो वो उसे भंगन कहकर पुकारते थे।

सुमन : भंगन नहीं, धोबन होगा।

संतोष : धोबन नहीं, भंगन।

सुमन : धोबन।

संतोष : भंगन।

[सुमन उसे बांहों में ले लेता है; संतोष लिप टती है, कहती है]

संतोष : मैं तुमसे नफरत करती हूं। (चिपक जाती है)

सुमन : थोड़ा और करो। (संतोष और भींच लेती है) और...

[प्यार करते हुए संतोष का हाथ सुमन की गर्दन और उसके कंधों को महसूस करता है और कुछ इस तरह से एक हो जाते हैं]

संतोष : मेरे बाबा, उनके कंधे ऐसे थे, बाज़ू भी ऐसे ही।

मेरी मां अकेली रह गई इस दुनिया में। मैं तो शादी उससे करूंगी जो मां को साथ रखने के लिए तैयार हो।

सुमन : ठीक है, मुझे बाप नहीं तो मां मिल जाएगी।

संतोष : तुम ?

सुमन : मैं एक अनाथ हूं, संतोष !

संतोष : बहुत अच्छे। (कहकर खुश होती है, फिर एकाएक रुक जाती है) ठीक है, मैं आधी और तुम पूरे मिलकर 1½ हो जाएंगे। (जाते हुए) सुनो, मम्मी कभी मिलें न तो कहना मैं बहुत पढ़ती हूं आके।

[दोनों जाते हैं]

28

बड़ा बंगला (दिन)

[डाक्टर सुमन नीचे से इशारे कर रहा है और सामने बालकनी में संतोष जवाब में इशारों से बता रही है—मम्मी इधर है, तुम लौट जाओ]

खिड़की

[मां (शान्ता) खिड़की से देख रही है—संतोष को भी और सुमन को भी...संतोष मां के देखने को देख लेती है]

[सुमन नासमझी में टल नहीं रहा है]

बालकनी

[शान्ता धीरे और नपे हुए अंदाज़ में संतोष की तरफ चलती है। संतोष सन्न-सी रह जाती है। शान्ता संतोष के पास पहुंचती है, जहां से गोपाल की तस्वीर भी दिखती है]

शान्ता : यह है वह लड़का जिसके बारे में तुम उस दिन कह रही थीं ?

[संतोष हां में सिर हिलाती है। शान्ता गोपाल की तस्वीर देखती है]

शान्ता : बुलाओ उसे।

संतोष : (अर्थ समझने की कोशिश में) मम्मी !

शान्ता : कहती हूं न।

[संतोष जाती है, फिसलती-सी]

बागीचा

संतोष : (भागी हुई आकर सुमन से) गज़ब हो गया, हद हो गई...मम्मी बुला रही है।

सुमन : सच ? किसलिए ?

संतोष : तुम आओ न...कोई अच्छी ही बात होगी। (हाथ से पकड़कर घसीटते हुए) चलो, तुम्हें खा नहीं जाएगी मम्मी...मम्मी बड़ी अच्छी है।

[सुमन चलता है]

शान्ता का कमरा

[शान्ता कमरे में है, जबकि संतोष और सुमन

आते हैं। सुमन आगे बढ़कर मां के पांव छूता है...मंगला इस दृश्य को देख रही है]

सुमन : प्रणाम, मां जी !

शान्ता : जीते रहो, बेटे ! (उसका चेहरा हाथों में लेकर गौर से देखती है) बैठो।

[सुमन बैठता है]

शान्ता : अभी पढ़ते हो ?

सुमन : तोषी ने बताया नहीं, मां जी ?...दो साल हुए मैंने एम० बी० बी० एस० पास किया है। इस वक्त अस्पताल में हाउस सर्जन हूं। तनख्वाह...

शान्ता : इसकी तुम फिक्र न करो, तुम्हारे माता-पिता...

सुमन : वह (ज़रा मुंह परे करते हुए) नहीं हैं। मैंने ट्यूशनें कर-करके अपने-आपको पढ़ाया है।

शान्ता : अगर मैं तुम दोनों का ब्याह कर दूं, तो तुम मेरे यहां रहोगे न ? इतना बड़ा घर और मैं अकेली...

सुमन : (कुछ सोचते हुए) मां जी !

शान्ता : जब से यह गए हैं, लौटे ही नहीं...घर में एक मर्द हो जाएगा।

सुमन : आप हमारे साथ रहिएगा। (संतोष की तरफ देखता है) क्या पता नौकरी कहां लगे ? क्यों ?

शान्ता : एक ही बात है, तुम हमारे यहां रहो, मैं तुम्हारे पास रहूं, घर तो एक ही है—ठहरो। (उठकर अलमारी के पास जाती है और कुछ सोने की मुहरें निकालती है और सुमन के हाथ पर रख देती है)

सुमन : यह क्या ?

शान्ता : समझ लो, शगुन तुम्हारा...मैं अभी से शुरू करती

हूं शादी की तैयारियां।

सुमन : (डबडबाई हुई आंखों से) मां जी !

[संतोष लज्जित भाव से देखती है]

शान्ता : कपड़े-वपड़े बनवाने की ज़रूरत नहीं, वह सब मैं करती रहूंगी। तुम खाली जाकर योरेशिया में अपना माप दे दो। जाओ।

[सुमन फिर मां के पांव छूता है और संतोष की तरफ देखता हुआ चलता है। संतोष बेअख्तियार उसकी तरफ जाने लगती है...

फिर संकोचवश वापस मां की तरफ लौट पड़ती है]

शान्ता : हां, हां, जाओ, छोड़ आओ।

[संतोष एकदम उछलती हुई जाती है। लैंडिंग के करीब आखिरी नज़ारे में वह सुमन की बांह में बांह डाल देती है और दोनों नज़र से गायब हो जाते हैं]

[शान्ता सामने देखती है। मंगला आती है]

मंगला : ई तुम क्या किया, बाई ?...उसको घरजमाई रखने का...

शान्ता : तो ?

मंगला : एक घरजमाई तुम लोग रखके देखा होता ना ?

शान्ता : इसीलिए तो...जो बात मेरे मां-बाप न कर सके, मैं करके दिखाऊंगी। दुनिया को बताऊंगी, ससुराल एक दामाद को कितना सुख दे सकती है।

[शहनाई की आवाज़ ऊंची से ऊंची हो जाती है]

श्यामराव और अनसूया का कमरा

[संतोष दुलहिन बनी सामान वगैरह ठीक कर रही है]

संतोष : हमारे नाना तो सिर्फ मनीहून करते थे, हम हनीमून करेंगे। चलो।

सुमन : हां, मगर मां जी भी तो जा रही हैं।

संतोष : ओ हां... तुम्हें मम्मी का जाना पसन्द नहीं ?

सुमन : मुझे ?... क्यों नहीं, क्यों नहीं ?... मैं जाता हूं ऊपर, उन्हें बुलाने। (जाता है)

शान्ता का कमरा

[शान्ता भी सामान सूटकेस वगैरह में रख रही है। मंगला आती है]

शान्ता : ए मंगला !

मंगला : ई तुम क्या करता, बाई ?

शान्ता : क्यों ? बेटे-बेटी के साथ जाऊंगी। इनको खुश देखूंगी, आप खुशी मनाऊंगी।

मंगला : वो जवान छोकरा-छोकरी, खेलेंगा-खाएंगा, तुम उधर जाके क्या करेंगा ?

शान्ता : (एकदम क्रोधित होकर) मंगला ! मैंने देखा है... तुम हर बात में अपनी टांग अड़ाने लगी हो। जाओ दफान हो जाओ।

मंगला : ओ अभी मर्द घर में आयाच नहीं और तुम अइशा बात करने को होता।

शान्ता : बको मत। क्या हिसाब बनता है तुम्हारा ?
मैं अभी थोड़ी देर में चुकता करती हूं तुम्हारा।

मंगला : बाई...भगवान से डरो, हम कितना सेवा किया तुम्हारा।

शान्ता : बन्द करो बकवास, निकल जाओ यहां से। मैं पिछली सब बातों से नाता तोड़ना चाहती हूं... सबको निकाल दूंगी—बंगला भी बेंच डालूंगी।
[मंगला डबडबाई हुई नज़रों से देखती हुई चली जाती है। सुमन आता है]

सुमन : क्या हुआ, मां जी ?

शान्ता : कुछ नहीं, बेटा, ऐसे ही यह नौकर लोग।

सुमन : चलिए, हम तैयार हैं।
[संतोष भी आ जाती है]

संतोष : हां, मम्मी !

शान्ता : नहीं, बेटा, तुम बच्चे-बाले, खेलने-खाने के दिन तुम्हारे, मैं बीच में क्या करूंगी ?
[सुमन और संतोष एक-दूसरे को देखते हैं]

सुमन : अच्छा तो फिर हम चलें ?

शान्ता : तुम नीचे जाके ड्राइवर को कहो, गाड़ी निकाले।
[सुमन जाता है]
देख बेटा ! पति परमात्मा है या नहीं यह तो मैं नहीं जानती, पर एक बात ज़रूर जानती हूं कि दुनिया में इन्सान किसी एक का हो रहे। यही रिश्ता पुरुष और परमात्मा का है। अपने-आपको उसके हवाले करके पुरुष कितना निडर, कितना सुखी हो जाता है ! औरत भी अपना-आप एक मर्द पर डालके दुनिया-भर को ठेंगा दिखा सकती है। सबपर राज कर सकती है। जो वह कहे, सत्य वचन...कोई

ऊं-आं नहीं, उल्टी-सीधी बात नहीं। देखा ना, मैंने इतनी-सी बात तेरे बाबा को कह दी—और आज मैं कहां हूं ! हर किसीकी मोहताजी करती हूं, हर किसीकी गुलामी...तो यह मेरी बात पल्लू में बांध ले। (पल्लू पकड़कर गांठ देती है) इसे खोलना नहीं, समझ, यही मां का दहेज है। (गले लगाकर) जा...जा बेटी, सुखी, बस।

संतोष : (रोती हुई) मम्मी !

[शान्ता उसे बाज़ू में लेकर चलती है]

दरवाज़ा

[गाड़ी और सामान तैयार है। सुमन खड़ा है। कुछ औरतें और मर्द जो घर में आए हैं, मौजूद हैं। शान्ता संतोष को लेकर आती है]

शान्ता : (संतोष से) जा बेटी, मैं तेरे साथ हूं।

[सुमन आखिरी बार पांव छूता है। शान्ता सिर पर प्यार का हाथ फेरती है। संतोष आंसू पोंछते हुए बैठती है। गाड़ी चलती है]

शान्ता : (एक औरत से) एक बार जब बेटी पैदा होती है, तो मां को अंदर यूं लगता है जैसे सब गया। दूसरी बार जब वह ससुराल के लिए बिदा होती है...

[शान्ता भावावेश में अन्दर की तरफ मुड़ती है। उसपर खिल्ली की आवाज़ आना शुरू होती है]

29

पहाड़, घाटी, जंगल, नदी (दिन)

[सुमन और संतोष वादियों, पहाड़ों में कुलेलें करते फिर रहे हैं]

30

बड़ा बंगला (शान्ता का कमरा) (शाम)

[शान्ता का जी घबरा रहा है। वह उठती है। एक नज़र गोपाल की तस्वीर की तरफ देखती है और उसपर गीत आता है]

गाना

संध्या जो आए
मन उड़ जाए
जाने रे कहां
करूं क्या उपाय

संध्या जो आए
मन उड़ जाए
जाने रे कहां
करूं क्या उपाय

संध्या जो आए

कौन रहा है अपना
किसको पुकारूं रे—किसको पुकारूं ?
बैठी अकेली सूना
पंथ निहारूं रे
पंथ निहारूं
पंछी भी जाए
सब लौट आए
तुम ही न आए
करूं क्या उपाय
संध्या जो आए

अपनी तो एक रैना
बिरहा की रैना
दिन क्या है ये न जाने, मेरे दो नैना
मेरे दो नैना
इक रात जाए
इक रात आए
तुम्हीं कहो करूं क्या उपाय
संध्या जो आए
मन उड़ जाए
जाने रे कहां
करूं क्या उपाय
संध्या जो आए

31

पहाड़ी बंगला (दरवाज़ा)

[सुमन और संतोष बांहों में बांहें डाले हंसते-खेलते अन्दर दाखिल होते हैं। संतोष दरवाज़े में से आवाज़ देती है]

संतोष : माली ! (बाहर की तरफ देखकर) जियाराम ! (अन्दर की तरफ मुड़ती है)

ड्राइंग रूम

[सुमन सोफे पर बैठा बूट खोल रहा है। संतोष की आवाज़ आती है]

आवाज़ : पूरा घर खुला पड़ा है...ज़ेवर-कपड़े...(ड्राइंग रूम में आकर) कुछ खाने का भी तो...(सामने देखकर) अरे, खाना तो रख भी गया !

सुमन : हां, जियाराम अपना काम करता है और सटक जाता है। तुम्हें भूख लगी है ?

संतोष : तुम्हें ?

सुमन : मुझे तो नहीं।

संतोष : तो फिर मुझे भी नहीं।

सुमन : (अर्थ-भरे भाव में देखकर) लगी है मगर थोड़ी-थोड़ी।

संतोष : मुझे भी लगी है थोड़ी-थोड़ी। तुम मुंह-हाथ धो लो, मैं अभी परोसे देती हूं। (जाती है)।

[सुमन उसे जाते देखता है और अपने सिर को

झटका देता है]

सुमन : अजीब लड़की है...मुझे भूख लगती है तो इसे लगती है, मुझे बाथरूम...

डाइनिंग रूम (रात)

[संतोष खाना परोसने की तैयारी कर रही है। सुमन हाथ पोंछता हुआ आकर बैठता है]

संतोष : यहां आए एक महीना हो गया, लगता है जैसे कल ही आए हैं।

सुमन : कितना जी चाहता है, इन हाथों की पकी खाऊं।

संतोष : तुम कभी फुर्सत भी दो।

सुमन : मेरी कहीं पोस्टिंग हो जाए...फुर्सत ही फुर्सत।
[निवाले एक-दूसरे के मुंह में डालते हैं]
सोचता हूं कहीं दूर मिले तो अच्छा है।

संतोष : दूर...दूर किसलिए ? तुम मम्मी के कारण कह रहे हो ?

सुमन : मम्मी ? हां...मम्मी की बात दूसरी है। तुम हर बात में मम्मी को क्यों ले बैठती हो ?

संतोष : नहीं, वो तो ऐसे ही। (संतोष फिर ग्रास उसके मुंह में डालती है और फिर सहसा उठकर अन्दर चली जाती है)

सुमन : बात दरअसल यह है...(एक तरफ देख कर) कहां गई ? (फिर अन्दर की तरफ देखकर) ओ मक्खन तोष ! (कोई जवाब नहीं आता। खाना जारी रखता है जबकि उस पै सिसकियों की आवाज़

आती है। एकदम सब छोड़-छाड़कर सुमन अन्दर की तरफ जाता है)

बेडरूम (शयनकक्ष) रात

[संतोष रो रही है। सुमन आता है]

सुमन : क्या हुआ ? (संतोष कोई जवाब नहीं देती) तुम समझती हो, मैंने मम्मी के बारे में कुछ कहा है ? (संतोष खामोश रहती है) तबियत तो ठीक है ना ? (संतोष और रोने लगती है) (नाड़ी देखकर) हूं, मैं समझा बचपन का कोई ब्वाय फ्रेंड याद आ गया।

संतोष : धत् ! (हंसी और रोना गड्डमड्ड हो जाते हैं)

सुमन : तो फिर बात क्या है ?

संतोष : मैं निवाले तोड़-तोड़कर तुम्हारे मुंह में डाल सकती हूं...मेरे मुंह में डालने से तुम्हारे हाथ क्या वो होते हैं ! (फिर रोती है) अभी कल शादी हुई है और आज ये हाल !

सुमन : (प्यार से) अरे-अरे !! इतनी-सी बात पर नाराज़ हो गईं ?

संतोष : तुम्हारे लिए इतनी-सी बात है ना। फिर जब से आए हो एक बार भी भंगन कहकर पुकारा है मुझे ?

सुमन : (उसे अंक में लेते हुए) हां भंगन, ये गलती मुझसे ज़रूर हो गई...माफ कर दो।

संतोष : (प्यार करते हुए) एक बात बोलूं ?

सुमन : हां।

संतोष : तुम मुझे छोड़ तो नहीं जाओगे ?

सुमन : तोषी ! तू सचमुच की भंगन है। मैं तो तुझे... (संतोष डरकर परे हटती है। सुमन पीछे से बाज़ू पकड़ लेता है और खा जाने के अन्दाज़ में उसकी तरफ चलता है। फिर सुमन संतोष को गोद में भर लेता है। संतोष के मुंह से चीख निकलती है) क्या हुआ ?

[संतोष साड़ी पकड़ती है, जिस पै गांठ पड़ी है। सुमन बेसब्री से उसे खोलने की कोशिश करता है। गांठ नहीं खुलती। फिर दांत गाड़ देता है—इस पे भी न खुलने से वह साड़ी को ही खींच देता है। दो बदन बिस्तर पर गिरते हैं]

32

पहाड़ (शाम)

[सुमन और संतोष हंसते हुए आ रहे हैं]

सुमन : ओह गॉड ! इतनी खुशी ! मुझ जैसा कोई खुश नहीं इस दुनिया में !

संतोष : सच बताओ, तुम्हें कोई दुःख, कोई गम नहीं ?

सुमन : तुम्हें पा लेने के बाद—नहीं। (उसे बाज़ुओं में लेता है) अपनी खुशी के साथ मेरा गम भी निबाह दो। ऐसा हंसो कि आंखों से आंसू निकल पड़ें।

[संतोष हंसती है। हंसी में खुशी के मारे आंखें भर

आती हैं]

पहाड़ी बंगला (शाम)

[शान्ता की कार आकर रुकती है। सामने से उसे माली मिलता है]

माली : पांय लागी, मां जी !

शाहला : जीते रहो। कैसे हो, जियाराम ? बेटा और बे...
[एकदम सामने देखकर रुक जाती है। सुमन और संतोष आ रहे हैं। सुमन भी ठिठक जाता है। उसको यूं ठिठकता देखकर संतोष सामने देखती है]

संतोष : मम्मी ! (भागकर लिपट जाती है) मम्मी ! तुमने बताया नहीं।

सुमन : (आते हुए) नमस्ते, मां जी !

शान्ता : (डरी हुई) माफ करना, बेटा...मैं...बो उतना बड़ा घर...मैं रह ही नहीं सकी।
तुम घबराओ नहीं, मैं तुम्हारी सेवा करूंगी, तुम्हारे रास्ते में नहीं आऊंगी।

संतोष : रास्ते में नहीं आएंगी, मम्मी !

सुमन : आप कैसी बातें कर रही हैं, मां जी ! इतना बड़ा बंगला...

संतोष : हां मम्मी, इतना बड़ा बंगला...क्या तुम्हारे लिए हमारे पास जगह नहीं है—वहां अकेली...अच्छा किया तुम आ गईं। (सुमन की तरफ देखती है)

सुमन : हां-हां, ठीक ही तो किया।

संतोष : (एक बैग; उठाकर) तुम वो ले लो, जियाराम !

[अन्दर जाते हैं। मां की रूह सिमटी हुई है]

शान्ता का शयनकक्ष (शाम)

[शान्ता रात का लिबास पहन चुकी है]

शान्ता : जियाराम, अन्दर आना...(जियाराम अन्दर आता है)...बेटा-बेटी कभी लड़े-झगड़े तो नहीं, जियाराम ?

जियाराम : नहीं, मां जी !

शान्ता : बेटी ने कभी उल्टी-सुल्टी बात...

जियाराम : नहीं, और की भी हो तो मुझे क्या मालूम। आपने कहला भेजा था न, जब बेटा-बेटी हों तो बंगले में मत ठहरना।

शान्ती : अच्छा, तू जा।

[दो रुपये का नोट निकालकर देती है। जियाराम सलाम करते हुए जाता है। शान्ता लेट जाती है और ऊपर छत की तरफ देखने लगती है—जभी उसके चेहरे पै संतोष की चीख सुनाई देती है। शान्ता एकदम उठकर बैठ जाती है। आवाज़ें आती हैं, जैसे प्रचंड झगड़ा हो रहा है। फिर किसी चीज़ के गिरने या फेंके जाने की आवाज़ आती है। शान्ता एकदम घबराकर पलंग से नीचे उतर आती है—सीने पर हाथ रखे हुए। और जैसे ही कमरे से बाहर जाने लगती है कि उसे संतोष की हंसी सुनाई देती है। कुछ देर सुनकर शान्ता बिस्तर पर लेट जाती है। उसे कानाफूसी की आवाज़ और

दबी-दबी हंसी फिर सुनाई देती है। शान्ता लेटकर छत की तरफ देखती है। फिर सन्नाटा, घड़ी की टिक-टिक। छत की कड़ियां गिन रही है]

33

पहाड़ी बंगला
(संतोष व सुमन का शयनकक्ष)
(सुबह)

[सुमन और संतोष बिस्तर पर पड़े हैं। संतोष कंबल के नीचे औंधी पड़ी है। बाल खुले हैं, सिर्फ एक आंख दिखाई दे रही है। तभी सुमन जग जाता है। घड़ी देखता है, ग्यारह बजने में पांच मिनट हैं]

सुमन : (संतोष की तरफ देखकर) तोष ! (संतोष बदस्तूर सो रही है) ऐ संतोष ! (हाथ उसकी तरफ लपकाता है)

संतोष : (नींद में) अं-अ।

सुमन : बड़ी भूख लग रही है...

डाइनिंग रूम (सुबह)

[शान्ता जियाराम से सफाई करवा रही है। तभी उसे सुमन की आवाज़ सुनाई देती है]

आवाज़ : बड़ी भूख लग रही है, उठ।

ड्राइंग रूम (सुबह)

[सुमन हाथ से संतोष को झिंझोड़ता है]

सुमन : मेरा कलेजा चट हो रहा है, उठ न।

संतोष : (निंदासी) ऊंहूं...(कोशिश करती है, नहीं उठा जाता)

रसोईघर

[शान्ता फ्राईपेन में अंडे तोड़कर डाल चुकी। स्लाइसेस प्लेट में पड़े हैं। फिर अण्डे भी प्लेट में डालकर बाहर की तरफ लपकती है]

शयनकक्ष

[संतोष उठ चुकी है। कपड़े ठीक करते हुए वह अभी तक अंगड़ाइयां ले रही है]

सुमन : जा ना ! तेरे हाथ का बना...

[जभी दरवाज़े पर दस्तक होती है। दोनों एक-दूसरे की तरफ देखते हैं। संतोष जाकर दरवाज़ा खोलती है। देखती है, मां हाथ में प्लेट लिए खड़ी है]

संतोष : मम्मी !

[सुमन शान्ता को देखते ही प्रणाम करता है]

शान्ता : नमस्ते, बेटा, तू कह रहा था ना भूख लगी है... ले ! (अपने ही हाथ से तिपाई सरकाकर आगे करती है)

सुमन : आप ? आपने क्यों तकलीफ की, मां जी ?

संतोष : मम्मी, आप क्यों ये खलजगन (झंझट) करती हैं?

शान्ता : क्या बात करती हो, बेटी ? और कोई है दुनिया में मेरा—जिसके लिए कुछ करूं?...अरे, छुरीकांटा... (दरवाज़े में से आवाज़ देकर) जियाराम ! (खुद चली जाती है। संतोष मुजरिमाना निगाहों से सुमन की ओर देखती है)

संतोष : ठीक है, मम्मी करे भी तो और किसके लिए ?

सुमन : ये मां—इसे कैसे पता चला मुझे भूख लगी है? इसका मतलब है ये आसपास घूमती रहती है ! हमें अपनी बेडरूम की भी 'प्राइवेसी' नहीं !

संतोष : मां को दोष मत दो। वो बहुत ही प्यार करने वाली औरत है।

सुमन : वो प्यार का समुन्दर सही, पर यूं लगता है जैसे मैं इस समुन्दर में डूब जाऊंगा। जाने क्यों मुझे बहुत बड़े खतरे का एहसास हो रहा है।

संतोष : तुम तो बस यूंही।

सुमन : तुम समझती क्यों नहीं ! मुझे मां का नहीं, तुम्हारा प्यार चाहिए। तुम मेरे लिए पकाओ, तुम मेरे कपड़े धोओ—बनाओ—तुम मेरे साथ घूमने को जाओ।

संतोष : अच्छा बाबा, अच्छा सत् वचन। (सुमन के मुंह में स्लाइस डालकर अन्दर चली जाती है)

34

पहाड़ी बंगला (बेडरूम)

[अलमारी खुलती है। एक हाथ अन्दर से कमीज़ निकालता है। सुमन हाथ में कमीज़ पकड़े है। परे आईने के सामने संतोष साड़ी वगैरह बांध रही है। जैसे वे कहीं जाने के लिए तैयार हो रहे हैं। बरामदे में मां आती-जाती दिखाई देती है। वह चोर निगाहों से उनकी तरफ देख लेती है और फिर नहीं भी देखती]

[सुमन देखता है, उसकी कमीज़ पै एक बटन नहीं है]

संतोष : मैं अभी टांक देती हूं।

[सुमन सामने देखता है। इमेजिन करता है कि संतोष पहले सुई में धागा डालती है, फिर बटन रखती है और उसे टांकती है। फिर मुंह से धागा तोड़कर कमीज़ उसकी तरफ बढ़ाती है। सुमन के चेहरे पर मुस्कराहट है। संतोष वहीं से कहती है]

संतोष : लाओ।

[सुमन का ध्यान टूटता है और कमीज़ संतोष की तरफ फेंकता है—बीच में मां आकर ले लेती है]

शान्ता : तुम तैयार हो जाओ, बेटे !

संतोष : मम्मी !

[सुमन और संतोष एक-दूसरे को तेज़-तेज़ नज़रों से देखते हैं। मां बटन टांकने का अमल पूरा करके सुमन की तरफ बढ़ाती है। सुमन कुछ नाराज़ होकर कमीज़ लेकर बाहर निकल जाता है। सिर्फ मां-बेटी रह जाती हैं]

संतोष : मम्मी, तुम नहीं जानतीं, तुम क्या कर रही हो।

शान्ता : क्या कर रही हूं ?

संतोष : कांटे बो रही हो अपनी बेटी के रास्ते में। उन्होंने मुझे बटन टांकने को कहा था।

शान्ता : मैंने टांक दिया तो क्या हुआ ?

संतोष : अब कैसे बताऊं तुम्हें ! तुम्हारे मां-बाप ने तुम्हें निर्ममता से मारा था, तुम ममता से मार रही। हो अपनी बेटी को।

शान्ता : हे भगवान् ! मैंने तो सोचा था—जितना दुःख मेरे मां-बाप ने उन्हें दिया उतना ही सुख मैं तुम्हारे उसको दूंगी। दुनिया को बता दूंगी...(भावुकता उमड़ आती है और वह कमरे से भाग जाती है)

शान्ता का कमरा

[शान्ता खुद को बिस्तर पर गिराकर रोने लगती है। संतोष आती है]

संतोष : मम्मी ! मुझे मुआफ कर दो।

[बाहर से सुमन की आवाज़ आती है]

आवाज़ : संतोष !

शान्ता : (एकदम संभलकर) जा, वह बुला रहा है।

संतोष : बुलाते रहें। जब तक तुम मुझे मुआफ नहीं करोगी...
[फिर आवाज़]

आवाज़ : तोषी !

शान्ता : (एकदम घबराकर) जा ना, मैं हाथ जोड़ती हूं, तेरे आगे पांव पड़ती हूं।

सुमन : (आकर) क्या हुआ?

संतोष : तुम्हें तो जैसे कुछ पता ही नहीं ! तुम तन के डाक्टर हो सकते हो...मन के नहीं। किसीको क्या ठेस लगती है, किसीपर क्या बीत जाती है—तुम्हारी जूती से !

शान्ता : (रोकते हुए) तोषी ! खबरदार ! क्या पति से ऐसी बातें करते हैं? क्या मैंने तुझे यही सिखा के भेजा था—एक लफ़्ज़ भी और कहा तो मैं तेरी ज़बान खींच लूंगी।

सुमन : इसमें तोषी का कोई कुसूर नहीं, मां जी। अगर है तो मेरा।

शान्ता : नहीं, बेटे, यही है पनौती !

सुमन : अच्छा, अच्छा, अब थूक दो गुस्सा ! आज रात रीगल थियेटर में एक बड़ा अच्छा प्रोग्राम है—आपको भी चलना है।

शान्ता : नहीं, मैं वहां जाके क्या करूंगी ?

सुमन : तुम नहीं जाओगी तो मैं ये बैठा हूं। (बैठ जाता है) कहीं नहीं जाऊंगा—आज खाना भी नहीं खाऊंगा।
[संतोष खुश हो उठती है]

संतोष : मम्मा, इतना प्यार से कहते हैं...

शान्ता : नहीं, बेटे, मुझे ऐसी बिन आई न मारो, मुझे बस जीने दो। रहो मेरी आंखों के सामने...मुझे और कुछ न चाहिए।

35

होटल, गाना

: क्या कर रहे हो

: क्या ?

हो कब मानें ओ दिल के मस्ताने
कब मानें वो दिल के मस्ताने
समझाने को आएं चाहे अल्ला मियां भी
कब मानें दिल के मस्ताने

: हो—ऐसे नहीं देके दिल मैंने
इकरार किया है।
हो—समझ के सैंया जी मैंने
प्यार किया है।
ओ-ओ हो—ऐसे नहीं दिल देके मैंने
इकरार किया है।
समझ के सैंया जी मैंने
प्यार किया है।
जो हम एक-दूजे के हैं दीवाने,
तो काहे कोई आए हमें सिखलाने।
रहे खोए-खोए हम चाहे जहां भी,
कब मानें ओ दिल के मस्ताने।

हो—खुलके तड़प नहीं सकूं,
ऐसे बांधे तेरी ज़ुल्फें।
कि मेरे कलेजे में चुभी जाएं,
तेरी पलकें।
मचल के लगी मैं जो अंग तुम्हारे,
अजब रंग लाए नयन कारे-कारे।
देखो मेरा तन हुआ जाए गुलाबी,
कब मानें ओ दिल के मस्ताने,
ओ हो ओ—कब मानें दिल के मस्ताने।
अरे समझाने को आए चाहे अल्ला मियां भी,
कब मानें हो दिल के मस्ताने।
हो—कब मानें दिल के मस्ताने।

क्लब की गैलरी (शाम)

[एक आदमी कोट लेकर बड़ी प्रेम-भरी निगाहों से अपनी प्रेमिका को कोट पहना रहा है—सुमन देखता है और फिर आगे बढ़कर टोकन काउंटर पर रख देता है—संतोष का कोट लेने के लिए]

क्लर्क : जी, आपका तो वो...(सामने इशारा करता है
[शान्ता संतोष को कोट पहना चुकी है। सुमन एकदम आगबबूला हो उठता है]

सुमन : वट दिस नानसेंस ! क्यों दिया उन्हें, जबकि टोकन मेरे पास है !

क्लर्क : जी...वह आपके साथ थीं, मैं समझा...!

सुमन : क्यों समझे आप ! (टोकन दिखाकर) इसके मेरे

पास होते हुए क्या हक पहुंचता है तुम्हें मेरी चीज़ किसी दूसरे को देने का !

क्लर्क : जी, वो तो ठीक है।

सुमन : गलत है। (काउंटर पर मुक्का मारते हुए) इट इज़ रौंग, रौंग, रौंग ऑन प्रिंसिपल[1]...

शान्ता : (पास आकर) जाने दे, बेटा!

क्लर्क : सॉरी सर !

सुमन : व्हट द हैक डू यू मीन बाई सॉरी ? आई विल सी दैट यू आर फायर्ड वेरी दिस मोमेंट।[2] (इधर-उधर देखकर) व्हेयर इज़ द सेक्रेटरी आफ दिस प्लेस?[3]

संतोष : सुमन, फॉर हैवन सेक...[4]

सुमन : फॉर हैवन, हेल, हेल, हेल।

[चला जाता है—शान्ता तथा संतोष भी पीछे जाते हैं।

36

पहाडी बंगला (बराण्डा)

[सुमन और संतोष एक-दूसरे पर दोष मढ़ते अंदर आते हैं]

संतोष : बातों पर गुस्सा हो जाते हो। मैं तो यूं...

---

1. यह सिद्धान्त से बिल्कुल गलत है

2. खेद जताने का क्या मतलब हुआ ? मैं अभी तुम्हें मज़ा चखाता हूं।

3. यहां के सेक्रेटरी कहां हैं ?

4. खुदा के लिए...

आप समझते क्यों नहीं।

सुमन : मैं एक उसूल की बात करता हूं।

शान्ता : जाने दे, बेटा !

संतोष : मैं भी उसूल की बात करती हूं।

शान्ता : तोषी !

सुमन : हर बात में किसीकी टांग मुझसे बर्दाश्त नहीं होती।

संतोष : हर अच्छी बात को बुरा समझना मुझसे भी नहीं होगा।

सुमन : तुम्हारे और अपने बीच मैं, इंसान तो क्या; भगवान को भी नहीं आने दूंगा !

संतोष : इंसान से ऊपर कौन-सा भगवान है ?

सुमन : है, तुम्हारी मां, जो मां नहीं सौत...

संतोष : खबरदार ! जो मेरी मां के बारे में कुछ कहा।
[मां कानों पर हाथ रखकर अंदर भाग जाती है]

सुमन : कहूंगा—कहूंगा—हज़ार बार कहूंगा !

पहाड़ी बंगला
(शान्ता का शयनकक्ष)

[शान्ता कमरे में आकर कपड़े वगैरह सुटकेस में डालने लगती है। उसपर सुमन और संतोष की आवाज़ें आती हैं]

आवाज़ : (संतोष की) मैंने शादी से पहले कह दिया था, मां साथ होगी।

आवाज़ : (सुमन की) मैं शादी करते ही समझ गया था कि

मैंने क्या हिमाकत की है। मेरी-तुम्हारी दो दिन भी नहीं चलेगी। तुम्हें एक पति की नहीं, एक बाप की ज़रूरत है।

[शान्ता के चेहरे पर अंधेरा छा जाता है]

मध्यान्तर

37

मेंटल अस्पताल

[डाक्टर सुमन दफ्तर से निकलता है और जमादार चालू साथ हो लेता है। डाक्टर सुमन के हाथ में चश्मे का खोल है। डाक्टर सुमन और जमादार चालू बातें करते हुए जा रहे हैं]

चालू : बड़ा डाक्टर बोला...पागल लोग को देखकर मूरख आदमी हंसता, समझदार रोने को होता। (रुआंसा होकर डाक्टर को देखता है और रुक जाता है)

डा० सुमन : क्या हुआ ?

चालू : कुछ नहीं। (चलते हुए) सच पूछो, डाक्टर साहब, ये लोग जो देखने में पागल हैं ना, असल में पागल नहीं—और जो पागल नहीं...(डाक्टर की तरफ देखता है)

सुमन : चालू !

[चालू की तरफ देखता है। चालू सहम जाता है]

तुम्हारा नाम चालू कैसे पड़ा ?

चालू : (एकदम ठीक होकर) हैं-हैं-हैं। मेरा मां-बाप का नाम बटालु है—बटाटा आलू—उन लोग प्यार का नाम चालू रखा होता।

डाक्टर : मैंने सुना है, तुम इन पागलों के जमादार हो—इनके बड़े अफसर हो ?

चालू : (सिर हिलाकर) जी नहीं, छोटा—बड़े तो आप हैं।

डाक्टर : तुम इनके पैसे खा जाते हो ?

चालू : (कानों में हाथ, दांतों में ज़बान देते हुए) हात्...ये देख रहे हैं ना—हां, कोई खुशी से दे जाए तो हम ना नहीं बोलता है—ही-ही-ही। (एक बिज़िटर के डिब्बे पर छड़ी मारता है) क्या है ? इसमें क्या है ?

बिज़िटर : जलेबी।

चालू : ओह ! (मुंह में पानी रोकते हुए) खाओ, मौज करो। (हंसता है। डाक्टर के हाथ से चश्मे का खोल पकड़ते हुए) ये मुझे दे दीजिए, डाक्टर साहब, आप थक जाएंगा !

[ऐसे में एक पागल आकर डाक्टर से लिपट जाता है]

पागल : डाक्टर ! डाक्टर !

चालू : (छुड़ाते हुए) ऐ-ऐ जानू का बच्चा !

पागल : तुम हमको बहुत अच्छा, बहुत सरस लगता है, डाक्टर ! हम तुमसे लव करता है मालूम...दूसरा तो सब ऐसा ही होता, तुम एकदम हमारा माफिक, सच्ची !

चालू : छोड़ो, इधर सच नहीं बोलने का, आओ।
[एक तोंदीला पागल पेट पर हाथ मारता हुआ आता है]

पागल : बिल्ली है, डाक्टर, मेरे पेट में बिल्ली है।

सुमन : ये क्या कर रहे हो ?

पागल : दूध पिला रहा हूं।
[डाक्टर सुमन और चालू आगे बढ़ जाते हैं]

[एक पेड़ के नीचे एक आदमी लेटा हुआ है। उसके आसपास दूसरे पागल बैठे हैं। एक बूढ़ा आदमी, एक औरत और एक नौजवान पास खड़े हैं। लेटा हुआ आदमी एकदम उठकर बैठ जाता है। आदमी मुखातिब होता है]

पागल : ए, तुमने हैदराबाद देखा है ?
[डाक्टर सुमन और चालू आकर खड़े हो जाते है]

बूढ़ा : हां, देखा है।

पागल : वहां कुतुबमीनार देखा ?

बूढ़ा : कुतुबमीनार ? कुतुबमीनार तो दिल्ली में है, हैदराबाद में तो चारमीनार है।

पागल : मीनार तो है ना ? सो जाओ। (चादर तानकर सो जाता है। फिर उठकर नौजवान से मुखा तिब होता है) तुमने बी० ए० पास किया है ?

नौजवान : बी० ए० नहीं, मैंने तो मैट्रिक...

पागल : ओ हो, पास तो किया है ना...सो जाओ। (फिर सो जाता है)।

चालू : (डाक्टर की तरफ देखकर कहता है) आपने तो डाक्टरी पास की है।

डा. सुमन : सो जाऊं ?

[आगे बढ़ते हैं]

आवाज़ : कोबरा ! कोबरा !

[जभी जंगले के पीछे ठोकर उछलता हुआ दिखाई देता है। डाक्टर सुमन और चालू पास में हैं]

सुमन : कहां है कोबरा ?

ठोकर : ये...उसे नाली में जाने दो, डाक्टर, नहीं मुझे डस लेगा, मुझे जान से मार डालेगा !

[जभी ज़नाना वार्ड की तरफ उसे एक औरत जाती हुई दिखाई देती है। ठोकर भागता है]

चालू : अरे ठोकर, सुनो।

[जनाना वार्ड में औरतें दिखाई देती हैं। चालू ठोकर के पीछे भागता है। तभी डाक्टर राउंड के आखीर में दफ्तर के सामने पहुंचता है। चालू भाग रहा है—डाक्टर सिर को झटका देकर अंदर चला जाता है। वहां दो और डाक्टर आते हैं—जो एक-दूसरे का मुंह देखते हैं।

डाक्टर-1 : मैं कई दिनों से देख रहा हूं तुमपर...

डाक्टर-2 : हां यार, मुझे भी थोड़ा...(कनपटी के पास हाथ को थोड़ा पेच की तरह से घुमाता है)

डाक्टर-1 : मैं तो कहता हूं कि यहां से कहीं और ट्रान्सफर करवा लें।

डाक्टर-2 : (सिर हिलाकर) मेरी तो यार, शादी होने वाली है,

कहीं साले बाल-बच्चे भी...

[डाक्टर सुमन चालू से]

सुमन : चालू, सुपरिंटेंडेंट साहब का हुक्म है कि आज पेशेण्ट्स को आउटिंग को ले जाएं...लाओ ये बोर्ड मुझे दो। जाओ, तुम सबको इकट्ठा करो।

[चालू सीटी बजाकर सबको इकट्ठा करता है]

[सब पागल गाड़ी में बैठते हैं]

[बस के अन्दर पागल चुपचाप बैठे हैं]

बस में गाना

अरे भई, तुम लोग चुप क्यों हो, बोलो कुछ तो बोलो।

सो जाओ...

अरे मिट्ठू मियां कुछ बोलोनी कुछ चालोनी
बढ़ी चुप क्यों हो कुछ बोलोनी
हां बोलो से बनती है बोली
और बोली से बनते हैं गीत
गीत (अलाप) हां-हां गीत हां-हां गीत तो फिर हैं...हं...
अं...अं...सं...
आ... आ...
लाली मेरे लाल की
जित देखूं तित लाल
लाली देखन मैं गई
अरे...अरे मैं भी हो गई लाल

आहा...साधू, साधू !
फिर
फिर रात हुई, एक बात हुई चोरी चोरी
चोरी मुलाकात हुई...।
फिर
फुर्र
फुर्र
फुर्र—फुर्र
बताओनी वड़ी क्या बात हुई
कह दूं
कह दो
कह दूं
कह दो
नहीं कहूंगा, नहीं कहूंगा, नहीं कहूंगा
चाहे मारो, चाहे पीटो, चाहे मस्का लगाओ
मगर नहीं बोलूंगा, नहीं बोलूंगा, नहीं बोलूंगा
चाणक्य पंडित बोल गए...गुड्डुम्म
अरे अरे चालू आया।

हुं...हुं
वांऊ...बांऊ
सुनो सुनो और सुनो
वह ऊंचा सा हां-हां पेड़ जो है न
हां...हां...
कल मैं उसके धीरे-धीरे पास गया था
अच्छा...अच्छा

पत्ते नीचे पड़े हुए थे, पंडित मुल्ला
चढ़े हुए थे, ईश्वर अल्लाह लड़े हुए थे।
ज़र के लिए...
नहीं रे नहीं
घर के लिए
नाहीं रे नाहीं
दर के लिए
नहीं रे नहीं
तो फिर किसके लिए...
कह दूं—कह दो, कह दो—
हो हो नहीं कहूंगा—नहीं कहूंगा...नहीं कहूंगा।
चाहे मारो, चाहे पीटो, चाहे मस्का लगाओ
मगर नहीं बोलूंगा, नहीं बोलूंगा, नहीं बोलूंगा।
चाणक्य पंडित बोल गए गुड्डुम्म
अरे बाप रे मैं तो डर गया हूं...हूं...
अरे अरे चालू आया...।

गाड़ी रोको...
पारो...
बोलो देवदाशो
रोती क्यों हो, पारो
अं...अं...अं...प्रीतम जो मैं जानती
प्रीत किए दुख होय...
नगर ढिंढोरा पीटती प्रीत न करियो कोय
चि...चि...चि...चि...चि...
अल्लाह तो आशिक को न दिखाय बुढ़ापा

हाय हाय रे बुढ़ापा, हाय हाय रे बुढ़ापा जब हम
भी चले साथ चला रीछ का बच्चा
अरे रीछ का बच्चा, अरे रीछ का बच्चा
जाको नाहीं फटे बिवाही...
ऊ का जाने पीर पराई।
रघुकुल रीत चला सती चरी...
रघुकुल रीत सदा चली आई...
प्र...प्राण जाए पर वचन न जाई
जाई...जाई...
बन चले राम रघुराई
बन चले राम रघुराई
चाणक्य...
बन चले राम रघुराई
चाणक्य...
बन चले राम रघुराई
चाणक्य पंडित बोल गए गुड्डुम्म
अरे अरे चालू आया
नहीं आया
तो फिर सो जाओ।

38

कपड़े की दुकान (दिन)

(सावंत क्लाथ स्टोर का बाहरी हिस्सा)

[सुमन बस के अन्दर बैठा जा रहा है कि इधर-उधर देख ड्राइवर से]

सुमन : ड्राइवर, गाड़ी रोको !

[गाड़ी रुक जाती है]

चालू, बाहर आना...बाहर आओ।

[चालू बाहर आता है]

देखो, मुझे ज़रा यहां काम है। मरीज़ों को ठीक से गिनकर ले जाना।...और अपने-आपको मत गिन लेना वर्ना एक पागल कम हो जाएगा।

चालू : एक नहीं, दो...आप भी तो जा रहे हैं—

[सुमन हंसकर चला जाता है और चालू बस में चढ़ जाता है]

कपड़े की दुकान (दिन)

[साड़ियां बिखरी पड़ी हैं। सुमन साड़ियां देख रहा है और एक साड़ी पसन्द करके पूछता है]

सुमन : (एक साड़ी को उठाकर) इसके साथ का ब्लाउज़ पीस !

दुकानदार : मैं इसका मैच कराके लड़के हाथ कल अस्पताल भिजवा दूंगा।

सुमन : ओ० के०, थैंक यू।

दुकानदार : ओ० के०, वेलकम।

[सुमन चला जाता है]

39

सुमन का कमरा (शाम)

लट उलझी सुलझा जा रे बालम
मेरे हाथों में मेहंदी लगी

लट उलझी सुलझा जा रे बालम

[सुमन आकर उसकी जुल्फों को एक तरफ हटाकर संतोष के मेहंदी लगे हाथों को चूम लेता है। बीच में दरवाज़ा बन्द होता है]

संतोष : मां—हमें इकट्ठे देखा ना !

सुमन : मालूम होता है, एक पागलखाने से निकलकर दूसरे में आ गया हूं।

40

अस्पताल की गैलरी

[डाक्टर अफन्दी, और एक दूसरा जूनियर डाक्टर खड़ा अफन्दी से कहता है। बीच में डाक्टर सुमन भी आकर खड़ा हो जाता है]

जूनियर डाक्टर : मेरे ख्याल में तो ये बिल्ली वाला केस बड़ा सिंपल है, डाक्टर !

डा० अफन्दी : सिंपल कैसे ?

जू० डाक्टर : जैसे बच्चा पैदा होता है, ऐसे ही पूरा मैटरनिटी का केस बनाए और फिर मरीज़ को दिखा दे कि पेट से बिल्ली निकल गई।

डा० अफन्दी : ये तरीके पुराने हो चुके हैं, डाक्टर! इसे पाइकोथ्रेप्टिक ट्रीटमेंट देना पड़ेगा। जब कोई बात वहम बनकर किसीके दिमाग में बस जाती है और बरसों बसी रहती है...

[और डाक्टर सुमन की तरफ देखकर। डाक्टर सुमन भी एक नज़र अफन्दी पर डालता है] तो इतनी आसानी से नहीं निकलती।

[पीछे से एक मरीज़ पागल को बिजली का शाक देने के लिए ले जा रहे हैं और वह चिल्ला रहा है]

पागल-2 : मुझे मार दो, काट डालो, बिजली मत लगाओ।
[निकल जाते हैं]

डा० अफन्दी : आप ट्राई कीजिए, मेरे ख्याल में तो इसे बिजली का शॉक देना पड़ेगा।
[डाक्टर सुमन और डाक्टर अफन्दी निकल जाते हैं]

कमरा अस्पताल का

[कमरे में एक मेज़ पर एक पागल को लिटाया हुआ है जिसको वहम है कि उसके पेट में बिल्ली है। डाक्टर बनावटी ज़चगी करने की कोशिश करते हैं]

डाक्टर : घबराओ नहीं, अभी बिल्ली निकाले देते हैं तुम्हारे पेट से...
[डाक्टर नर्स से]
इंजेक्शन दे दिया, सिस्टर ?

नर्स : हां जी !

डाक्टर : (मरीज़ से) दर्द हो रहा है ?

पागल : ऐं—(सोचकर) हां।

डाक्टर : दर्द लेने पड़ेंगे।

पागल : हां।

डाक्टर : दर्द हो रहा है—हो रहा है—हो रहा है
[डाक्टर, नर्सें सब उसके पेट को मलते हैं]

पागल : मर गया।
[नर्सें हंसने लगती हैं। डाक्टर डांट देता है]

डाक्टर : सिस्टर ! (पागल से) ज़ोर लगाओ—और—और—और—और।

पागल : मर गया, डाक्टर—मर गया—!

[डाक्टर वार्ड ब्वाय को इशारा करता है। वार्ड ब्वाय मेज़ के नीचे रखी बिल्ली को डाक्टर के हाथ में देता है और डाक्टर मरीज़ को बिल्ली दिखाकर कहता है]

डाक्टर : लो बिल्ली निकल गई तुम्हारी।

[पागल उठकर बिल्ली को देखता है]

पागल : नहीं डाक्टर, मेरे पेट की बिल्ली तो काले रंग की है। (और फिर सो जाता है)

[डाक्टर एक-दूसरे को नर्वस-से देखते हैं]

[सुमन के कुछ आगे बढ़ने पर एक पागल हौज़ के किनारे बैठा कांटा लगाए मछली पकड़ रहा है। उसने टोंटी खोल रखी है जिससे पानी बह रहा है। डाक्टर सुमन रुकता है]

सुमन : क्यों उस्ताद, कितनी मछलियां पकड़ीं ?

[सुमन व चालू राउंड पर एक पागल के पास]

पागल-5 : (मुड़कर देखते हुए) अरे तू कहीं पागल तो नहीं हो गया, डाक्टर—टोंटी में से कहीं मछलियां निकलती हैं ?

[सुमन खिसियाकर एक कमरे की तरफ चल देता है, जहां से आवाज़ आ रही है]

बिल्ली है...डाक्टर, मेरे पेट में बिल्ली है।

सुमन : (पास जाकर उसकी पीठ पर हाथ रखकर) क्यों दुख भंजन, क्या दुःख है तुम्हें ?

[पागल कोई जवाब नहीं देता। डाक्टर अपना सिर हिलाता है। पागल कहना शुरू करता है]

पागल-7 : क्या बताऊं, डाक्टर! बात यह है कि मेरी बीवी भाग गई है। मुझे इस बात का दुःख नहीं...दुःख है तो इस बात का कि वह मेरे एक दोस्त के साथ भाग गई है। सच पूछो तो इस बात का भी मुझे कोई दुःख नहीं...दुःख है तो इसका कि भागने से तीन दिन पहले मेरी बीवी ने उस दोस्त को राखी बांधी थी।...इस बात का भी मुझे कोई दुःख नहीं...

डाक्टर : तो फिर-दुःख किस बात का है?

[पागल का चेहरा कठोर हो जाता है]

पागल : वह मेरी बीवी...वापस मेरे पास आ रही है।

पागलों का अस्पताल
(डाक्टर सुमन का दफ्तर)

[सुमन बैठा है, जबकि एक आदमी मेज़ पै कागज़ हटाकर कुछ देख रहा है]

आदमी : (डाक्टर सुमन को आते देखकर) डाक्टर, मैंने इधर चाबियां रखी थीं।

सुमन : (देखते हुए) यहां तो नहीं।

आदमी : फिर—? ऊपर होंगी।

[डाक्टर सुमन ताक पर देखता है]

सुमन : इधर भी नहीं।

आदमी : तो फिर नीचे गिर गई होंगी।

[डाक्टर नीचे देखने लगता है। तभी चपरासी

आता है]

चपरासी : (आकर) डाक्टर ! डाक्टर...(इशारे से बताता है कि यह आदमी पागल है)

सुमन : (आदमी से) आप बाहर जाइए।

आदमी : कैसे जाऊं, डाक्टर ? मेरी चाबियां नहीं मिलतीं। जब से पैदा हुआ हूं मेरी चाबियां...

सुमन : आई से, गेट आउट !

[उसे धकेलता हुआ बरामदे की ओर निकल जाता है। जभी चालू ऊपर से आकर डाक्टर सुमन को कहता है]

चालू : बड़ा डाक्टर आपको सलाम बोला।

सुमन : मेरा भी उनको सलाम बोलो। (और अन्दर जाने लगता है)

चालू : मेरा मतलब, आपको बुलाया...

सुमन : तो ऐसा बोलो न !

[चालू खिसिया-सा जाता है और सुमन ऊपर की तरफ जाता है]

मेंटल अस्पताल (दिन)
डाक्टर अफन्दी का कमरा

[मेडिकल सुपरिंटेंडेंट का बोर्ड लगा है। डाक्टर सुमन दरवाज़े पर आता है]

सुमन : मे आई कम इन सर ?[1]

अफन्दी : (आवाज़) कम इन ![2]

1. क्या मैं अन्दर आ सकता हूं ?

2. आओ !

[सुमन दाखिल होता है]

डाक्टर अफन्दी का कमरा

[डाक्टर बोर्ड पर कुछ लिखते हुए मुड़ते हैं और डाक्टर सुमन को बैठने के लिए कहते हैं]

अफन्दी : बैठो, डाक्टर, बैठो।

सुमन : (बैठते हुए) शुक्रिया, डाक्टर !

अफन्दी : ठीक सेटल हो गए। क्वार्टर बगैरा...!

सुमन : जी, डाक्टर साहब !

अफन्दी : (बैठते हुए) किसी बात की कमी मालूम होती है ?

सुमन : नहीं, सर !

अफन्दी : तो फिर—तुम जवान आदमी हो। जब से आए हो, मैंने तुम्हारे चेहरे पर मुस्कराहट ही नहीं देखी।

सुमन : (मुस्कराने की कोशिश में) हर वक्त मुस्कराते रहना भी तो, सर...(हाथ पागलपने का इशारा करता है)

अफन्दी : हूं...(सिर हिलाते हुए) जभी मैं हंसता रहता हूं। जब तक जाने-बूझे कोई अपने-आप पागलपन तारी न करे अल्लाह मियां की इस खूबसूरत दुनिया में जीना मुश्किल है। (शरारत से) नहीं—(फिर व्यंग्य से) सो लगे रहो—तुम भी देते रहो दूसरे पागलों को धक्के !

सुमन : आई एम सॉरी, सर ! वैसे तो मैं सब बर्दाश्त करता हूं, लेकिन कभी-कभी मामला हद से गुज़र जाता है।

अफन्दी : हां, मगर क्यों ? मैं पूछता हूं दुनिया में कौन ऐसा आदमी है जिसकी किसी न किसी तरीके से चाबियां गुम नहीं...कहीं तुम्हारी भी हैं ?

सुमन : हां, डाक्टर ! (माथे पर से पसीना पोंछते हुए) बात ये, मेरे घर में एक ऐसी औरत है जिसकी वजह से...

अफन्दी : कौन ?

सुमन : मेरी सास।

अफन्दी : ओह–सास का तो चलता ही है...तुम सोचो बहू से सास बनते-बनते एक औरत पै क्या बीत जाती है...सास होती है तो बीवी मिलती है न ! (आंख मारते हैं)

सुमन : (हंसकर) अब आप अपनी चाबियां मेरे हाथ में थमा रहे हैं, सर...बात ये है, उस औरत ने मेरा जीना हराम कर रखा है—अपनी बेटी को इस तरीके से पाला-ढाला है जैसे उसका अपना कोई इरादा ही नहीं, एक लाश हो चलती-फिरती, गो मर्द कहे सत्य वचन।

अफन्दी : हो सकता है, मर्द के बारे में कोई डर घुस गया हो तुम्हारी सास के दिमाग में !

सुमन : हां सर, वो एक बड़े अमीर आदमी की बेटी थी। उसने एक गरीब राइटर से शादी कर ली।

अफन्दी : (चौंककर आगे सरकते हैं) तब ?

सुमन : बात-बात पर उस बेचारे की इन्सल्ट होती थी, मगर वह सब बर्दाश्त करता था। एक दिन ऐसा आया—

अफन्दी : होली का दिन ?

सुमन : (हैरान होकर) जी...जी

अफन्दी : उसने शान्ता की कीमती साड़ी रंग से खराब कर दी।

सुमन : हां...हां सर ! आप कैसे जानते हैं ?

अफन्दी : अपने मां-बाप से घबराकर उसने अपने शौहर गोपाल से कह दिया, क्या हक पहुंचता है तुम्हें वो चीज़ खराब करने का जिसे खरीदकर तुम दे नहीं सकते... ये बात गोपाल को खा गई और वह चला गया।

सुमन : हां, डाक्टर साहब !

[अफन्दी उठकर सुमन के पास आते हैं]

अफन्दी : शान्ता के पिता दामले मेरे बड़े दोस्त थे, सुमन! इस रिश्ते से तुम उस घर के नहीं मेरे भी दामाद हो। तुम्हारे ससुर के चले जाने के बाद मैंने उसे ढूंढ़ने की बहुत कोशिश की...ये रसालों का पुलन्दा देख रहे हो ?

बम्बई से इलाहाबाद चला गया वो। वहां पहुंचकर उसने ये मैगज़ीन निकाली। पहले असंतोष और फिर विवेक के नाम से। दो-तीन बरसों में वो वहां की दुनिया पै छा गया। उसके लिखने के स्टाइल को शान्ता ने पहचान लिया, लेकिन हम...मैं, शान्ता, दामले इलाहाबाद पहुंचे तो उसे पता चल चुका था। वो शहर छोड़कर चला गया...तब से मैं उसकी तलाश में हूं।

सुमन : अब तो 18-20 बरस हो गए, डाक्टर, आपके ख्याल में क्या वो ज़िन्दा होंगे ?

अफन्दी : दिमाग तो नहीं कहता, मगर ये दिल—

सुमन : आप हमारे यहां आइए न, सर—मेरी सास आपसे मिलकर—

अफन्दी : नहीं, बेटे, मैं उसे किस मुंह से मिलूं। उससे वायदा किया था : 'बेटी, मैं एक दिन तेरे पति को लेकर आऊंगा', मुझे देखेगी तो फिर से एक बार उसके ज़ख्म हरे हो उठेंगे।

वो ये सब सह भी ले मगर मैं ?...एक बेटी जिसका घर उजड़ चुका हो, उसकी नज़रों के खालीपने और फटेपन को मैं नहीं देख सकता, नहीं। (भावाभिभूत होकर मुंह दूसरी ओर कर लेते हैं)

[सुमन भी भावाभिभूत हो उठता है]

तुम्हारे घर में जो हो रहा है वो मैं सब समझ गया। तुम अच्छे बेटे हो, इसमें तुम्हारा कोई कुसूर नहीं ! ...ज़िन्दगी चाल चल गई शायद...शान्ता का साया तुम्हारी ज़िन्दगी पर रहेगा। वो बार-बार अपनी बेटी में अपने-आपको प्रोजेक्ट करके तुम्हारी मुसीबत का बायस बनी रहेगी, जब तक आखिरी फैसला नहीं होता—!

सुमन : आखिरी फैसला ?

अफन्दी : हां, या तो वो उसे मिल नहीं जाता और या (अपने सिर को छूकर) यहां से उसे यकीन नहीं हो जाता कि वो मर चुका है।

इसलिए हम लाश अज़ीज़ों को दिखा देते हैं ताकि उनकी मौत उनके दिमाग में बैठ जाए। अन्दाज़ा करो उनका जिनके प्यारे जंग में या कहीं और मारे गए और उनकी लाश भी उनको नहीं

मिली ! वो तो फौजी रिपोर्ट या अखबार की खबर को चाटें। उन्हें तो यही लगा रहता है कि सब झूठ था, शायद एक दिन कहीं से वो चला आए। (अफन्दी सुमन के और करीब आकर उसकी पीठ पर थपकी देते हैं) मेरा तुमसे यही कहना है, डाक्टर, तुम शान्ता को यहां (सिर को छूते हैं) और यहां (दिल पै हाथ रखकर) से अपनाओ। डाक्टर का दिल तो समुन्दर होता है, बेटे !

सुमन : मैं कोशिश करूंगा, डाक्टर !

अफन्दी : कोशिश नहीं, वादा ! (अपना हाथ आगे बढ़ाते हैं। सुमन भी अपना हाथ उनके हाथ में देता है) खुदा हाफिज़।

सुमन : बाई ! (और चला जाता है)

41

अस्पताल का क्वार्टर

(ड्राइंग रूम)

[शान्ता बैठी कढ़ाई कर रही है। संतोष सोफे में धंसी कोई किताब पढ़ रही है, लेकिन उसकी निगाहें बार-बार घड़ी और फिर दरवाज़े की तरफ जाती हैं। जभी सुमन आता है, हाथों में फूल लिए। शान्ता उठकर चली जाती है]

संतोष : (उमड़कर) फूल...हाऊ ब्यूटीफुल ! चलो तुम्हारा लेट आना मुआफ किया। (हाथ बढ़ाती है। सुमन फूल परे कर लेता है)

सुमन : तुम्हारे नहीं मां जी के लिए लाया हूं। वो मूर्ति की पूजा करेंगी...मैं उनकी...

संतोष : मम्मी की पूजा के लिए ? सुमी ! यू आर ए डार्लिंग।[1] (लिपट जाती है)

[शान्ता दरवाज़े में से गुज़रती हुई ठिठक जाती है। एक क्षण के लिए वह अपने-आपको बेटी में प्रोजेक्ट (कल्पना) करती है]

[शान्ता के पश्चात्ताप के रिएक्शन]

[शान्ता के ऊपर आवाज़ें]

आवाज़ें : हे भगवान, ये क्या किया मैंने ! कल्पना में भी क्यों सोचा ! मैं बड़ी पापन हूं।

संतोष : मम्मी कितनी खुश होगी, सच्ची ! (अलग होकर फिर लिपट जाती है)

[शान्ता झटके से परे हट जाती है]

संतोष : पहले क्यों न कभी तुम्हें ये ख्याल आया ? मम्मी की भी कई आसें हैं, कई प्यासें हैं।

[जभी भजन की आवाज़ आती है]

आवाज़ : मेरे तो गिरधर गोपाल, दूसरा न कोई।

[दोनों उधर देखते हैं। सुमन फूल लिए अन्दर की ओर जाता है, पीछे संतोष]

भजन

दूसरो न कोई
मेरो तो...
मेरो तो गिरधर गोपाल, दूसरो न कोई

1. तुम बड़े प्यारे हो।

जाके सिर मोर मुकुट मेरो पति सोई
तात मात भ्रात बन्धु अपनो न कोई
मेरो तो गिरधर गोपाल

अंसुवन जल सींचि-सींचि
प्रेम बेल बोई।
अब तो बेल फैल गई
आनंद फल होई
मेरे तो गिरधर गोपाल...

भगत देख राज़ी हुई
जगत देख रोई
दासी मीरां SSSSSS
दासी मीरां लाल गिरधर
तारो अब मोहीं
मेरे तो गिरधर गोपाल
दूसरो न कोई।

पूजागृह

[शान्ता पूजा में भजन गा रही है। सुमन फूल मां जी के हाथ में देने की कोशिश करता है। शान्ता एकदम बिदक जाती है]

शान्ता : नहीं चाहिए ये फूल !

[फूल नीचे गिर जाते हैं। शान्ता भावावेश से उठकर, फूलों को रौंदते हुए अन्दर चली जाती है। सुमन संतोष की तरफ देखता है और वह शर्मसार-सी सुमन की तरफ। संतोष मां के कमरे

की तरफ जाती है, पीछे-पीछे सुमन भी]

मां का कमरा

[मां औंधी पड़ी रो रही है। संतोष जाकर पास खड़ी हो जाती है]

संतोष : मम्मी, हुआ क्या है ? इतने प्यार से लाए थे !

[शान्ता कोई जवाब नहीं देती। सुमन मनाने के अन्दाज़ में कन्धों पर हाथ रखता है]

सुमन : मां जी !

शान्ता : मत हाथ लगाओ मुझे...मैं तुम्हारी नफरत सह सकती, प्यार नहीं।

संतोष : मम्मी !

शान्ता : मुझे माफ कर दो, बेटे, जाने मुझे क्या हो गया है—शायद कुछ लोग खुश होते हैं जब वह दुखी होते हैं।

[कैमरा शान्ता के ऊपर चार्ज होता है]

42

अस्पताल के क्वार्टर

[बाहर आंगन में शान्ता पानी के फव्वारे से पौधों में पानी दे रही है। डाक्टर अफन्दी दूर से चोरी-छिपे देख रहे हैं। उनकी आंखों में करुणा के आंसू हैं। फिर एक तरफ निकल जाते हैं। इधर शान्ता की नज़र किसीपर पड़ती है। नज़दीक जाकर पूछती है]

शान्ता : कौन ?

[घुटनों में सिर छुपाए मंगला आवाज़ सुनकर सिर उठाती है और उठ खड़ी होती है]

मंगला : हम होता, बाई!

शान्ता : मंगला, तुम यहां ?

मंगला : ओ...हम दूसरा किधर को जाएंगा, बाई! बीस साल काम किया बड़ा सेठ के पास—हम मानूस होता। कैसा कचरा-पट्टी में फेंकने को सकता हमकू।

[संतोष और सुमन भी अन्दर से आकर खड़े हो जाते हैं]

हम पांच मरद किया होता—अभी बूढ़ा हो गया कोई रखताइच नहीं, तुम नौकरी नहीं देंगा तो अभी भूखा मरेंगा तुम्हारे दरवज्जे पर।

[शान्ता संतोष की तरफ, संतोष सुमन की तरफ देखती है]

सुमन : मुझे क्या देख रही हो ? (गुस्से से)

[शान्ता अन्दर चली जाती है]

घर में नौकरानी की ज़रूरत नहीं ?

संतोष : सो तो है।

सुमन : तो फिर ? (मंगला से) चलो, मंगला, काम करो।

[पोटली उठाकर मंगला खुश होकर अन्दर चली जाती है]

क्या बकवास है, तुम औरतों से इतनी-सी बात का फैसला नहीं होता !

संतोष : जब तक मर्द हैं इस दुनिया में...

सुमन : नहीं होने चाहिए न मर्द लोग, ठीक है, भगवान ने चाहा तो तुम्हारी भी सुन लेगा।

[और चला जाता है। संतोष भी अन्दर की तरफ चली जाती है।

43

रास्ता

[सुमन रोड पर जा रहा होता है कि अचानक एक कार से टकरा जाता है]

भीड़ : अरे-अरे, मर गया...मर गया !...गाड़ी का नम्बर लो...अरे उठाओ इसे, अस्पताल ले जाओ !

एक : क्या अस्पताल ले जाएं, खलास हो गया !

दूसरा : अरे नहीं...शॉक से बेहोश हो गया।

तीसरा : अरे-अरे ! जवान लड़का, जाने किसकी बद्दुआ लगी। घर के तो समझते होंगे कि काम पै गया है, उनका तो सूरज डूब गया ! क्या बिजली गिरी !

44

पहाड़ी बंगला (संतोष का कमरा)

(रात)

[मां-बेटी चिंतित भाव से बैठी हैं। पीछे मंगला

दिखाई देती है। संतोष के हाथों पै रंग लगा है]

संतोष : एक बज गया, मम्मी !

शान्ता : हां, इतनी देर तो कभी नहीं की सुमन ने—दोपहर का खाना खाने भी नहीं आया। मंगला अस्पताल से क्या खबर लाई है ?

संतोष : यही, मरीज़ों को हवा खिलाने निकले थे वो तो लौट आए।

शान्ता : तुमने कोई ऐसी-वैसी बात तो नहीं कह दी थी ?

संतोष : (निगाहें चुराकर) नहीं तो।

शान्ता : भगवान भला करे, सड़क पर इतना ट्रैफिक, ऊपर बारिश !

संतोष : बरसात के कारण कहीं रुक गए होंगे।

शान्ता : हो सकता है।

संतोष : मेरा तो जी धक्-धक् कर रहा है, मम्मी...मुझे थाम लो।

शान्ता : घबराओ नहीं, बेटे !

[प्यार से भींच लेती है। तभी बिजली कड़कती है]

संतोष : (डरकर) ये बिजली...क्या ये हो सकता है मम्मी, जैसे बाबा...

शान्ता : (मुंह पर हाथ रख देती है) शुभ-शुभ बातें करो, बेटी !

संतोष : हां, मम्मी, कोई और बातें करो...मम्मी तुम्हारी शादी कैसे हुई थी ?

शान्ता : जैसे भूल-सी गई।

संतोष : जब तुमने भी हाथों में मेहंदी लगाई थी ?

शान्ता : हां, बेटे !

संतोष : अब क्यों नहीं लगातीं ?

शान्ता : अब ? अब मेरे हाथों का रंग तुम्हारे हाथों पै जो आ गया।

संतोष : मम्मी, तुम कितने बड़े दिल वाली हो, मैं तो अपना रंग किसीको न दूं।

शान्ता : कोई भी नहीं देती, बेटे ! जो भी कहती है, झूठ बोलती है। (चली जाती है)

सुमन : (आकर आहिस्ता से) तोषी !

संतोष : तुम !...कहां थे ?

सुमन : (मुंह पर हाथ रखकर) म...

संतोष : (रुआंसी होकर) क्यों इतनी देर लगा दी ? क्यों तुल गए थे हमारी जान लेने पै...कहां थे तुम, बोलो ?

सुमन : मैं इधर ही था, असंतोषी...तुमसे एक हाथ की दूरी पै था...तुमने हाथ ही नहीं फैलाया।

[शान्ता दरवाज़े में से गुज़रती है। उसका मुंह खुला रह जाता है]

संतोष : झूठ बोलते हो तुम ! (हाथ की बंधी पट्टी पर निगाह जाती है) ये क्या ?

सुमन : आहिस्ता...गाड़ी का धक्का...

शान्ता : (अन्दर आते हुए) मैं मर गई, क्या हुआ? (पीछे देखकर) मंगला ! अरे मंगला, थोड़ा गरम पानी लाना !

मंगला : (आवाज़) बर्रे...

[शान्ता सुमन का हाथ पकड़ लेती है। सुमन छुड़ा लेता है]

सुमन : मैं डाक्टर हूं, मैंने सब कर लिया है।

संतोष : कहीं और तो नहीं लगी ?

सुमन : है भी तो अन्दर, (अर्थ-भरे भाव में) दिखाई नहीं देती।(शान्ता से) आप जाकर सो जाइए, मां जी !

शान्ता : खाना ? (संतोष से) खाना खिला दे, बेटे !

सुमन : नहीं चाहिए खाना।

[शान्ता चली जाती है। संतोष उसकी गोद में सिर रखकर रो देती है। सुमन उसपर हाथ रख देता है]

45

पागलों का अस्पताल

[डाक्टर सुमन कुछ पागलों को नाली खोदते हुए देखता है। उनमें से एक के कंधे पर एक पोटली है, जो नीचे की तरफ लटक रही है। जब वह फावड़ा ज़मीन पर मारता है तो पोटली आगे की तरफ उछलकर आ जाती है। वह उस पोटली को फिर पीछे पीठ पर फेंक देता है। ऐसा बार-बार होता है]

सुमन : (पास आकर) अरे भाई, गठरी एक तरफ रख दो, फिर खोदो !

[पागल उसकी बात न सुनकर बदस्तूर वैसे ही

किए जा रहा है। दूर से डाक्टर अफन्दी देखते हैं। उनके चेहरे पर सिकुड़न-सी आती है और उसकी ओर बढ़ते हैं। डाक्टर सुमन दूसरी तरफ चला जाता है]

पागलखाना (दरवाज़ा)

अफंदी : बीरू, इधर आओ ! ये गठरी मुझे दे दो।

[वह पागल ना में सिर हिलाता है। अफंदी कहते हैं]

ये बोझ मेरा है, बीरू ! (उसे ले जाते हैं)

[एक और पागल चालू को घेर लेता है]

पागल : सिगरेट—चालू, एक सिगरेट।

चालू : सिगरेट क्या पेड़ पै लगते हैं ?

[पागल नं० 4 मायूस होकर बैठ जाता है और उसके ख्यालों में एक बात आती है। सिगरेट का जला हुआ टुकड़ा लेकर पेड़ उगाने की कल्पना करता है। कल्पना में पेड़ पर सिगरेट लगे हुए हैं और बड़े शाही अन्दाज़ में तोड़-तोड़कर पीता है]

46

मेंटल अस्पताल

[सुमन अपने आफिस से बाहर निकल रहा होता है कि एक लड़की साड़ी का पैकेट लेकर आता है और सुमन को दे देता है। पीछे से डाक्टर अफन्दी

देखते हैं और सुमन के पीछे-पीछे जाते हैं]

[संतोष बैठी है जबकि सुमन पंजों के बल चल के आता है। हवा में पर्दे उड़ रहे हैं। वह पैकेट में से साड़ी निकालकर उसके कंधों पर फैला देता है। साड़ी हवा में उड़ती है]

संतोष : (चौंककर) अरे ! (उठकर) साड़ी !

सुमन : हां, तुम्हारे लिए लाया हूं।

संतोष : कितनी खूबसूरत है! (साड़ी को तन से लगाती

सुमन : पहनकर दिखाओ।

संतोष : ऊं-हूं ! (शरारत से) पहनी तो तुम अभी से पैसे वसूल करने लगोगे।

सुमन : (हंसकर) भंगन ! तुम्हें पसन्द है न ?

संतोष : बहुत अच्छी है। पर तुम जानते हो, मैं इतने बड़े बार्डर की साड़ी नहीं पहनती। खरीदने के लिए मुझे साथ ले चलते।

सुमन : अब क्या है ? साथ ले जाऊंगा और बदली...

[तभी शान्ता की आवाज़ आती है]

शान्ता : ए संतोष, (गुस्से से आते हुए) दिमाग खराब तो नहीं हो गया तेरा ! कितने प्यार से खरीदकर लाया है तेरे लिए और तेरे नाक पै नहीं टिकती है।(साड़ी पकड़कर उसे चूमती है और सिर को लगाती है) शुक्र कर, तेरे लिए कोई लाने वाला तो है। देख मेरी तरफ...

[सुमन जो बफर रहा है, शान्ता के हाथ से साड़ी छीन लेता है। गुस्से में आके साड़ी फाड़ने

लगता है]

संतोष : (रोते हुए) सुमन !

शान्ता : (दिल पै हाथ रखकर) बेटा !

सुमन : हर बात में टांग—हर बात में दखल। (साड़ी को फेंक देता है) निकल जाओ यहां से...

[पीछे मंगला दिखाई देती है]

संतोष : क्या बकते हो ?

सुमन : ठीक कह रहा हूं। सब्र की भी कोई हद होती है ! चली जाओ मैं कहता हूं। तुम्हारी जगह यहां नहीं, वहां है। पागलखाने के फीमेल वार्ड में जाओ।

संतोष : ठीक है, मम्मी गई तो मैं भी चली जाऊंगी।

शान्ता : ऐसा न कहो, तोष...तुम्हारा पति, तुम्हारा घर...मैं ही चली जाती हूं—तुम सुखी बसो, बेटे, भगवान तुम्हें भाग लगाए।

[जाने लगती है। संतोष उसका रास्ता रोकती हैं]

संतोष : नहीं, मम्मी, मैं इन्हें छोड़ सकती हूं, तुम्हें नहीं।

सुमन : (एकदम तैश में आकर) जाओ, तुम दोनों दफान हो जाओ। (संतोष का हाथ पकड़कर जैसे ही बाहर फेंकने लगता है, वैसे ही डाक्टर अफन्दी की आवाज़ आती है)

अफन्दी : स्टॉप इट।[1]

[सुमन घूमकर देखता है। शान्ता बैठी है। उसे दिखाई नहीं पड़ता]

सुमन : डाक्टर !

1. बन्द करो यह सब।

अफन्दी : कम हियर, कम आई से।[1]

[सुमन बाहर चला जाता है। शान्ता और संतोष सिसकियां भर रही हैं]

संतोष : मम्मी !

शान्ता : छोड़ दे, बेटी—मेरी बेइज़्ज़ती नहीं होती, मैं नहीं मरूंगी।

संतोष : मम्मी, जाने क्या हुआ, ये ऐसे तो नहीं हैं। इसीसे क्षमा मांगते हैं, इन्हें ही पश्चात्ताप होता है।

47

मेंटल अस्पताल (दिन)
डाक्टर अफन्दी का रूम

[डाक्टर अफन्दी सुमन से बातें करते आते हैं]

अफन्दी : आखिर की न तुमने वही बात?

सुमन : क्या करूं, डाक्टर, आखिर मैं भी एक इंसान हूं। मेरी भी एक ज़िन्दगी है—ऐसा नहीं कि एक औरत के...

अफन्दी : औरत नहीं, मां।

सुमन : मैं मां के दुःख को नहीं समझता, लेकिन वह एक ऐन ऐसे मौके पर आकर ऐसी ज़िल्लत करती हैं कि सारी की सारी सूझ-बूझ...

अफन्दी : तुम्हारी सूझबूझ पर पत्थर ! ये मत भूलो कि ये बेहूदगी तुम्हारी नौकरी को खतरे में डाल

---

1. इधर आओ, मैं कहता हूं इधर आओ।

सकती है।

सुमन : डाक्टर...!

अफन्दी : बैठो ! गोपाल के ट्रेस पर तो मैं शुरू से ही था—इन्हीं दिनों उसका कुछ और पता चला है। (सामने इशारा करके) ये पेंटिंग देख रहे हो ?

सुमन : ये (चित्रांग पढ़ते हुए) चित्रांग !

अफन्दी : ये चित्रांग असल में गोपाल है। इलाहाबाद से वह पूना चला आया और अपने-आपको एक पेंटर के तौर पर इस्टब्लिश कर लिया। उसने ढेर-सी आमदनी पैदा की। एक मकान भी खरीदा—लेकिन अक्सर जो भी आमदनी वह पैदा करता था उससे साड़ियां खरीदकर रख लेता था, ताकि वह किसी दिन एक-एक करके अपनी महबूबा को पहनाए और रंग से तर-बतर कर दे और कोई मां का लाल उसके हाथों को न रोक सके। उसका नया घर, आहिस्ता-आहिस्ता साड़ियों का म्यूज़ियम हो गया। कोई साड़ी बनारस की थी तो कोई कांजीवरम् की, कोई चंदेरी और कोई वेंकटगिरी, फिर बांधनी, लहरिया, शान्तिनिकेतन और शफान और हैण्डलूम और जाने और क्या-क्या। अगले रोज़ होली का त्यौहार आया, बाहर बहुत-से लोग होली जला रहे थे, गा रहे थे। और अन्दर...

गोपाल अपनी ज़िन्दगी की सबसे कीमती साड़ी खरीदकर लाया। पूना बम्बई से दूर ही कितना है ? अगले ही रोज़ वह बम्बई जाने और रूठों को

मनाने वाला था। वह जानता था अब वह पांच साल की बच्ची का बाप है। उसने बच्ची के लिए एक गुड़िया भी खरीदी।

उसके होंठों पर मुस्कराहट थी और दिमाग में प्यार की मस्ती। उन साड़ियों, अपनी सृष्टि पर एक नज़र डालते उसने नई साड़ी को सिरहाने के नीचे रखा और सो गया।

सोने में उसे यूं ही लग रहा था, जैसे वह अपनी महबूबा, अपनी शान्ता के साथ है। उसके हाथ अनजाने में उस साड़ी को सहला रहे थे। आधी रात के करीब उसे गर्मी-सी लगी। उसने आंख खोली और देखा, बाहर की आग अन्दर लपक आई थी...

48

गोपाल के घर का बाहरी हिस्सा
फ्लैश बैक (रात)

[बाहर भैया लोग बैठे भांग घोट रहे हैं और फाग गा रहे हैं कि गोपाल आता है]

गोपाल : का हो, रामनिवास भैया, होली मनाई जा रही है !

रामनिवास : आज तो जलाई जाई, कल मनाई जाई।

गोपाल : ई का भांग घोटत हो ?

रामनिवास : आओ, गोपाल भैया, थोड़ी छान लेओ।

गोपाल : नाहीं, रामनिवास भैया, हम तो कभी-कबार दारू

पीत हैं। (और हंसता हुआ अपने घर के अन्दर चला जाता है। अन्दर आकर गोपाल कपाट खोलता है जिसमें तरह-तरह की साड़ियां भरी पड़ी हैं। एक-एक साड़ी को चूमता है—फिर आकर पलंग पर बैठकर साड़ी का पैकेट खोलता है कि छोटू आकर पूछता है]

छोटू : खाना लगा दूं, मालिक !

गोपाल : आज भूख नहीं है, छोटू !

छोटू : भूख क्यों लगेगी—कल बम्बे जाना है न, रूठों को मनाना है न !

गोपाल : (साड़ी दिखाकर) कैसी है ये साड़ी ?

छोटू : वाह, क्या चकाचक है, और ये गुड़िया ?

गोपाल : ये मेरी गुड़िया के लिए है। अब तो चार साल की हो गई होगी !

छोटू : ये साड़ियां रख दूं ?

गोपाल : नहीं, कल सुबह उठकर मैं खुद पैक कर लूंगा—तुम जाओ, सो जाओ।

छोटू : अच्छा, मालिक ! गुड डाइट !

[छोटू चला जाता है। गोपाल गुड़िया को चूमता है। फिर साड़ी पर हाथ फेरता है जैसे अपनी महबूबा को सहला रहा हो, और साड़ी को तकिये के नीचे रखकर सो जाता है। बाहर होली जल रही थी कि एक चिंगारी उड़कर खिड़की के पर्दे पर गिरती है और पर्दा आग पकड़ लेता है। आग धीरे-धीरे फैलकर कपाटों में रखी साड़ियों को भी जला देती है कि अचानक ज़्यादा गर्मी लगने से

गोपाल की नींद खुल जाती है—उठकर देखता है तो सारी साड़ियां जल चुकी होती हैं—गोपाल चिल्लाकर छोटू को आवाज़ देता है—छोटू भागकर बाहर के लोगों को पुकारता है। गोपाल हक्का-बक्का रहकर तकिये के नीचे रखी साड़ी और गुड़िया को लेकर बाहर की तरफ अंधेरे में गुम हो जाता है]

49

लोग : चित्रांग ! चित्रांग !

डा० अफंदी : उसके बाद वह कहां गया, इसका कुछ पता नहीं।

[और सुमन से बातें करते हुए डाक्टर मेज़ पर पड़े हुए कलेंडर की एक तारीख पर निशान लगाते हैं]

सुमन : ये क्या, डाक्टर साहब ?

डा० अफंदी : ये मेरी ज़िन्दगी का सबसे बड़ा दिन है, डाक्टर सुमन...इसके एक दिन बाद मैं रिटायर हो रहा हूं। ज़िन्दगी किसी अर्थ के साथ—जीना कितना खूबसूरत है ! मुझे कोई किसीसे शिकायत नहीं। मैंने लोगों को जितना प्यार दिया है, बेटे, उससे कहीं ज़्यादा पाया है...यह खला देख रहे हो न, इसकी तरह शुक्रिये के जज़्बे से मेरी गर्दन झुक जाती है। और जज़्बों के फल नज़रों में झिलमिला रहे हैं...इन्हें गिरने नहीं दूंगा, नहीं वो मूर्ख इन्हें रौंद

डालेगा।

सुमन : वह दिन तो हम मनाएंगे, डाक्टर !

डा० अफंदी : हां-हां, हम सब मिल के मनाएंगे, बेटे...सब मिल के।

50

शान्ता का पूजागृह

[बाहर संतोष और सुमन होली खेल रहे हैं। शान्ता झांकती देख रही है कि सुमन की नज़र पड़ती है शान्ता भाग जाती है]

[शान्ता मूर्ति के पीछे बड़ी सादगी से खड़ी है, तभी सुमन आता है]

सुमन : फिर वही ताक-झांक की न...आप वही हर-कत...

शान्ता : मैंने क्या किया है, बेटा, मुझे अच्छा लगता है। तुम दोनों का फाग खेलना।

सुमन : यह झूठ है। आपको क्या अच्छा लगा है, मैं जानता हूं। अगर आप हमारी खुशी चाहती हैं तो आइए बाहर, खेलिए फाग हमारे साथ।

शान्ता : नहीं, तुम तो जानते हो, मैंने फाग खेला ही नहीं, जब से ये गए हैं।

सुमन : ये गए...गए...गए...क्यों इतनी-सी बात आपके दिमाग में नहीं आती। (हार उठाते हुए) अब तक वे कहीं मर-खप...

शान्ता : (लपकते हुए) सुमन !

मंगला : ए पोरा !

[शान्ता झपटती है। सुमन उसे परे करने की कोशिश करता है, मगर वह हार नहीं पकड़ने देती]

शान्ता : ले जाएं तुझे शीतला माई कमीने !

[हार टूट जाता है। फूल-पत्तियां बिखर जाती हैं। संतोष आती है]

शान्ता : यूं करता है जैसे मैं मरूंगी नहीं कभी। (तस्वीर उतारती है) जैसे मेरी चिता जलेगी ही नहीं। (और तस्वीर लेकर फूलों को रौंदते हुए अपने कमरे की तरफ चली जाती है) बहुत दुःख दिया है तुम लोगों ने।

[पीछे-पीछे मंगला भी रो रही है]

सुमन : मैं क्या करूं, तोष ? मैं किधर जाऊं ? (रोने लगता है) मेरा कुसूर क्या है ? यही न, तुमसे प्यार किया है ?

संतोष : नहीं।

सुमन : तोष ! (रुआंसा हो जाता है)

संतोष : अगर तुमने मुझसे प्यार किया होता तो...(उस तरफ देखती है, जिधर मां गई है)

[सुमन संतोष की तरफ देखता है]

सुमन : तोष ! (कहकर शान्ता के कमरे की तरफ जाता है)

शान्ता का शयनकक्ष

[खाली कमरा भांय-भांय कर रहा है। मालूम होता है, कुछ चीज़ें वहां से उठाई गई हैं। सुमन अन्दर जाता है]

सुमन : मां जी ! (इधर-उधर देखकर) मां ! (एकदम लौटता है)

51

पूजागृह

[संतोष दीवार से लगी रो रही है, जहां से बाप की तस्वीर ले जाई जा चुकी है]

सुमन : तोष ! मां नहीं है...मां कहीं चली गई।

संतोष : (चौंककर) ऐं ! (सुमन की तरफ देखकर)। जाने दो—हमेशा की मुसीबत...सदा का रोग।

सुमन : मगर कहां जाएंगी वह ?

संतोष : कहीं भी जाएं, गलियों में रुलें, सड़कों में झक मारे, ठोकरें खाएं, भीख मांगें, हमें इससे क्या ...हमें तो परेशान करने नहीं आएंगी, हम तो सुखी हो जाएंगे।

सुमन : तोष ! सच कहती हो, मैंने ऐसा सुख चाहा था ?

संतोष : और कैसा सुख चाहा था तुमने ?

सुमन : क्या वह वहां अपने बंगले में नहीं रह सकती थीं?

यहां हमारे पास रहते हुए थोड़ा दूर नहीं हो सकती थीं...?

संतोष : नहीं...वो मैं थी...मैं वो...

सुमन : (करुणापूर्वक) तोष, हां तोष, मैं...तुम्हारे बाबा... तुम...मां...(बाहर लपक जाता है)

52

डा० अफन्दी : शान्ता !

[शान्ता खोई हुई जा रही है कि रुककर देखने लगती है]

शान्ता : (खोई हुई देखती है) आप कौन हैं ?

डा० अफन्दी : मैं डाक्टर अफन्दी, तुम्हारा अंकल, बेटे !

शान्ता : नहीं, मेरा कोई नहीं है। (खोई हुई देख रही है)

डा० अफन्दी : ऐसे थोड़े होता है, बेटे ! मैंने वादा किया था न... तेरे पति को ढूंढ़ के लाऊंगा।

शान्ता : मेरे पति ?...वो तो कल्पना थे कोई, एक ख्याल।

डा० अफन्दी : ख्याल नहीं, शान्ता, वो हकीकत है। देखो सामने...तुम्हारा गोपाल।

शान्ता : (सामने देखकर) बीरू ! तुम्हारी शान्ता।

डा० अफन्दी : (पीछे लोगों से) अरे भाई, फाग क्यों बन्द कर दिया ?

[लोग फाग खेलना शुरू करते हैं। धीरे-धीरे गोपाल शान्ता को पहचान लेता है। शान्ता लपककर गोपाल से चिपक जाती है]

शान्ता : गोपू !

गोपाल : शान्त !!

[सुमन और संतोष आते हैं]

सुमन : मां !

[संतोष व सुमन आपस में भी देखते हैं। लोगों का स्वर फूटता है]

पिया संग खेलो होरी

शान्ता : कहां थे ? कहां थे तुम ? मुझे यकीन नहीं आता— ये बीच के बीस बरस, अब तो कुछ भी नहीं रहा मुझमें...कहां थे?...इतनी छोटी-सी भूल...और इतनी बड़ी सज़ा ?

गोपाल : (रुंधे गले से) और वो सज़ा जो मैंने अपने आपको दी है, शान्त...चलो घर।

शान्ता : वो—वहां...माइके ? मैं मर जाऊंगी माइके नहीं जाऊंगी।

गोपाल : कैसा माइका ? मैंने घर लिया है न।

शान्ता : घर ? अपना घर ? (खुशी में भरकर आत्मलीन-सी) मेरा घर...गोपू !

गोपाल : मेरी गुड़िया कहां है ?

शान्ता : वो...साथ उसका गुड्डा।

[संतोष गोपाल की तरफ आकर छाती से चिपक जाती है]

संतोष : बाबा...बाबा...बाबा-आ-आ-आ

[दोनों रो रहे हैं कि संतोष कहती है]

संतोष : बाबा ! मुझे तुम्हारी दाढ़ी चुभती है !

[सब खिलखिलाकर हंसते हैं कि अचानक सुमन

और शान्ता की नज़र डाक्टर अफन्दी पर पड़ती है जो एक साधु की तरह सबको मिलवा खुशी के आंसू पोंछते हुए दूर—दूर जा रहे है।

सुमन : डाक्टर साहब—

शान्ता : डाक्टर अंकल ?...

○○○